Birgit Schmidt

FRAUEN GEBEN NIEMALS AUF

Birgit Schmidt

FRAUEN GEBEN NIEMALS AUF

Kurzgeschichten

Bibliografische Information der Deutschen Nationalbibliothek
Die Deutsche Nationalbibliothek verzeichnet diese Publikation
in der Deutschen Nationalbibliografie, detaillierte bibliografische
Daten sind im Internet über http://dnb.dnb.de abrufbar

Coverfoto und Umschlaggestaltung:
Christoph Woloszyn   www. fotoart-chw.de

©2021   Birgit Schmidt,   Gelsenkirchen
Herstellung und Verlag: BoD - Books on Demand,
Norderstedt

ISBN: 9783752899375

Inhalt

Vorwort

Eine Kommissarin muss einen Mord in einem alten Haus aufklären, in letzter Sekunde entkommt eine Frau auf der Flucht dem sicheren Tod und welches Geheimnis hütet das Haus Nummer 55?

Rot oder schwarz muss nicht immer eine politische Frage sein. Was passiert, wenn man Urlaub in den Bergen macht und was geschah in einer ganz besonderen Nacht?

Die fünfundzwanzig Geschichten in dieser Anthologie erzählen von Erlebnissen und Schicksalen ganz unterschiedlicher Frauen, die auf der ganzen Welt beheimatet sind. Mal sind es dramatische Situationen vor historischem Hintergrund oder spannende Kriminalfälle, mal gefühlvolle oder heitere Begebenheiten aus dem Alltag einer Familie, aber eines ist gewiss und allen gemein: Frauen geben niemals auf!

Ein Buch nicht nur für Frauen!

Birgit Schmidt

DAMALS

In letzter Sekunde

»Happy Birthday Oma! Alles Gute und noch ein langes Leben!«

Ich sah in die strahlenden Gesichter der Familienrunde und lächelte – was für ein frommer Wunsch!

Die Augen von meinem Ur-Urenkel leuchteten und er trat ungeduldig von einem Fuß auf den anderen. »Jetzt musst du alle Kerzen ausblasen!«

»Dabei hilfst du mir aber«, sagte ich und schaute auf die riesige Schokoladentorte, auf der nicht nur die Zahl 100 mit Eierlikör geschrieben war, sondern auch genauso viele Kerzchen steckten – zumindest nahm ich das an, nachgezählt hatte ich natürlich nicht.

Mit vereinten Kräften bliesen wir die Kerzen aus, bei der letzten klatschten alle begeistert in die Hände. Meine Enkelin, die erst vor wenigen Tagen ihren fünfzigsten Geburtstag gefeiert hatte, überreichte mir feierlich einen Umschlag.

»Herzlichen Glückwunsch! Das ist von uns allen.«

Ich schmunzelte. Was hatte sich die Bande da wohl wieder ausgedacht? Für eine Frau von hundert Jahren war es nicht einfach, etwas Passendes zu finden. Ein Konzertbesuch vielleicht? Hoffentlich nicht so etwas Verrücktes wie ein Fallschirmsprung, den eine Altersgenossin von mir vor einiger Zeit absolviert und mit dem Satz kommentiert hatte: »Im nächsten Jahr will ich noch mal springen!« Keine zehn Pferde würden mich dazu bringen, aus einem Flugzeug zu springen und darauf zu hoffen, dass dieses hauchdünne Tuch sich über mir öffnete. Aus dem liebevoll mit Kleeblättern und Herzchen beklebten Umschlag zog ich eine Karte heraus. Ich stutzte. Es war eine Fahrkarte, jedoch nicht für einen Fallschirmsprung, sondern für eine Schifffahrt.

Ich schluckte. Eine Kreuzfahrt von Sues in Ägypten über Aden, Mombasa, Durban und Kapstadt und dann über den Atlantik nach Kanada. In diesem Moment setzte mein Herz aus und ich glaubte, es würde keinen einzigen Schlag mehr tun.

»Oma, was ist?«

»Du bist ja ganz blass!«

»Ist dir nicht gut?«

»Das war alles viel zu viel für sie!«

»Ein Glas Wasser, schnell!«

Jemand riss das Fenster auf und die klirrende Kälte holte mich zurück. Mein Herz schlug wieder. Erst langsam, wie ein gequälter rostiger Motor, dann immer schneller. Irgendjemand tupfte mit einem feuchten Waschlappen auf meiner Stirn herum, ein zweiter fächerte mir mit der Tageszeitung Luft ins Gesicht und ein dritter fühlte mit feuchten Fingern meinen Puls am Handgelenk.

Mein Ur-Urenkel hielt mir ein Glas mit eiskaltem Leitungswasser vor die Lippen.

»Hier Oma, trink!«

Ich trank. Nicht nur ein Glas, sondern drei. Langsam normalisierte sich mein Pulsschlag, und die

Gesichter meiner Geburtstagsgäste entspannten sich ein wenig.

»Sollen wir dich ins Krankenhaus bringen?«

»Unsinn«, entfuhr es mir.

»Gott sei Dank, sie spricht wieder!«

»Was war denn los?«

»Freust du dich denn gar nicht über unser Geschenk?«

Ich sah in die Runde. Alle sahen mich mit angsterfüllten Augen an und schienen für einen Moment die Luft anzuhalten.

»Ihr Lieben«, begann ich, »ich weiß, ihr habt es gut gemeint und wolltet mir mit dieser Reise eine besondere Freude machen.«

Ich stockte. Die Erinnerung an damals war mit einem Mal so klar, so deutlich, als hätte jemand in einem stockfinsteren Keller Licht angeknipst. Jeder Moment lief wie ein Film im Schnellvorlauf vor meinen Augen ab.

»Aber?«

Ich schaute meine Enkelin irritiert an.

»Was?«

»Du freust dich ja gar nicht. So eine Kreuzfahrt ist doch etwas ganz Tolles, du siehst viele fremde Länder und wirst nach Strich und Faden verwöhnt. Wir haben die schönste Kabine für dich reserviert!«

»Es gibt da etwas, was ihr nicht wisst.«

Ich atmete tief durch, bevor ich fortfuhr. Alle starrten mich an. Keiner sagte ein Wort, nur das Ticken der Wanduhr war zu hören.

»Es war im Jahr 1942. Hitlers Schergen waren überall und ich floh mit meiner sechs Wochen alten Nichte aus Deutschland vor der Gestapo. Mein Vater war Deutscher und meine Mutter Britin, das reichte damals aus, um verfolgt zu werden. Mit ein paar anderen schlugen wir uns von München bis nach Ägypten durch. In Sues ging ich dann mit der Kleinen an Bord der Laconia. Gegenüber den anderen Passagieren habe ich mich als Britin ausgegeben, so gab es keine dummen Fragen. Die Laconia war ein Passagierschiff, das zum Truppentransporter umgebaut worden war. Mit uns waren über dreihundertfünfzig Zivilisten, darunter sehr viele Frauen und Kinder, zweihundertsiebzig britische Soldaten und tausendachthundert italienische Kriegsgefangene an Bord. Hundert polnische Soldaten bewachten die Italiener. Außerdem hatten wir zweihundert Tonnen Fracht an Bord. Zunächst ging alles glatt. Wir fuhren durch den Golf von Sues und umrundeten das Kap der Guten Hoffnung. Nach dem letzten Halt in Kapstadt am 1. September dampfte unser Schiff in nordwestlicher Richtung durch den Südatlantik. Am Sonnabend, dem 12. September 1942 um zehn Uhr abends entdeckte uns ein deutsches U-Boot etwa siebenhundert Kilometer nordöstlich Ascension, einer Insel im Atlantik. Dessen Kapitän Werner Hartenstein feuerte einen Torpedo auf uns ab. Unser Schiff wurde an Steuerbord getroffen und nahm eine schwere Schlagseite an. In der dortigen Abteilung starben über vierhundertfünfzig italienische Gefangene. Als ein zweiter Torpedo einschlug, schickte unser Kapitän Sharp alle Frauen, Kinder und Verletzte in die Rettungsboote. Ihr könnt es euch vielleicht nicht vorstellen, aber unser fast zweihundert Meter langes Schiff sank in nur einer halben Stunde. In letzter Minute sprang ich von der sinkenden Laconia hinunter, doch dabei rutschte mir die Kleine aus den Armen. Ich verfehlte das Boot und fiel ins Wasser. Es war schrecklich. Ich schwamm wie wild und suchte sie, aber ich konnte sie in den dunklen Wogen nicht mehr finden. Dann zog mich jemand an Bord eines Rettungsbootes. Ich wollte wieder ins Wasser springen und weiter nach der Kleinen suchen, aber er hielt mich zurück. Einige der Rettungsboote wurden durch die Explosionen zerstört und die italienischen Kriegsgefangenen versuchten, die übrigen zu stürmen. Dann tauchte das U-Boot auf und blieb in der Nähe, sie wollten wohl die Schiffsoffiziere gefangennehmen. Als der U-Boot-Kapitän erkannte, dass sich Zivilisten und Kriegsgefangene unter den Schiffbrüchigen befanden, begann er mit der Rettung der Überlebenden. Wir durften an Bord kommen. Noch heute habe ich seine Worte im Ohr, als wir hinüberkletterten. »I would like all the women and children to come on board my ship.« Sie behandelten uns gut, gaben uns zu essen und zu trinken und waren freundlich zu uns, auch wenn wir eigentlich Feinde waren. Drei Tage später, am 15. September, trafen zwei weitere deutsche U-Boote und ein italienisches ein. Alle vier Boote nahmen mehrere Rettungsboote in Schlepp und fuhren unter der Flagge des Roten Kreuzes den Kriegsschiffen der Vichy-Flotte entgegen. Wir hatten große Angst, aber es hieß, dass sie über Funk von der Rettungsaktion berichtet hatten. Doch am nächsten Tag griff uns ein amerikanischer Seefernaufklärer an, der von Ascension aus gestartet war. Die Besatzung warf Bomben ab und die trafen die Rettungsboote und auch U 156, das uns gerettet hatte. Nach zwei Bombentreffern war das Boot schwer beschädigt und wurde wohl nur deshalb nicht versenkt, weil keine weiteren Bomben mehr an Bord waren. Nachdem das Flugzeug abgedreht hatte, schafften sie uns von Bord und setzten uns wieder in die Rettungsboote. Sie gaben uns die Anweisung, auf keinen Fall unsere Position zu verlassen, da ein französisches Schiff auf dem Weg zu unserer Rettung war. Drei der vier Rettungsboote hielten sich daran, aber die Männer auf unserem Boot wollten versuchen, die knapp tausendzweihundert Kilometer entfernte westafrikanische Westküste zu erreichen. Nach dreißig Tagen auf See gelangten wir endlich an die Küste. Von dort aus schlugen wir uns bis nach Casablanca durch. Ich kann euch sagen, nachdem ich wieder festen Boden unter den Füßen hatte, habe ich mir geschworen, niemals wieder einen Fuß auf ein Schiff zu setzen. Und daran habe ich mich bis heute gehalten. Jeder, der wie ich mehrmals in letzter Sekunde dem Tod entkommen ist, wird genauso denken.«

Ich war immer auf der Flucht

Eigentlich wollte ich immer ein ganz normales Leben führen, aber das Schicksal sah etwas ganz anderes für mich vor.

Schon meine Eltern waren anders als die meiner Freunde. Vater fuhr zur See und hatte auf einer seiner Fahrten Mutter in Amerika kennengelernt. Ich ging noch nicht zur Schule, als unser Haus in Bremen im Zweiten Weltkrieg bombardiert wurde.

»Sage nichts, denke nichts, atme nicht«, schärfte mir meine Mutter ein, also hielt ich die Luft an, so lange ich konnte, wenn die Bomben fielen. Manchmal, wenn ich heute nachts wach liege, denke ich daran zurück und habe wieder den beißenden Phosphorgeruch in der Nase. Verbargen wir uns im Bunker, schützte ich mich mit einem Kochtopf, den ich mir auf den Kopf setzte. Doch die Splitter flogen quer durch die Luft und lagen überall. Einige davon sammelte ich auf, damit wir uns auf einen Stuhl setzen oder ins Bett legen konnten, aber hinterher bluteten meine Hände.

Im Keller hatte Mutter ein Funkgerät und ein Radio versteckt. In den langen Bombennächten lauschten wir die Nachrichten der BBC, so ging die Zeit schneller vorbei. Am liebsten lauschte ich jedoch der Swingmusik der damaligen Zeit. Mutter erzählte von dem berühmten Konzert, das Benny Goodman

1938 in der Carnegie Hall gespielt hatte, und wir summten den Text und klopften den Takt der Musik leise mit. Manchmal hat sie auch gemorst, aber was und an wen, das hat sie nie erzählt.

Eines Abends hat jemand sie verraten, weil sie in der Mülltonne Brot für Juden und Polen versteckt hatte. Die Gestapo zerrte uns aus unserem Versteck, und wir kamen alle nach Bergen-Belsen – sie ins Frauenlager, meine Geschwister und ich ins Kinderlager. Der Hunger war unser täglicher Begleiter. Einmal am Tag kam ein Aufseher mit einer Suppen-Kanne auf Rädern. Jeder bekam genau eine Kelle, hatte man Glück, war ein Stückchen Kartoffel drin. Im Lager habe ich auch Anne Frank kennengelernt. Gesprochen haben wir wenig, denn wir durften keinen Kontakt haben, doch geweint haben wir zusammen. Dann habe ich sie irgendwann nicht mehr gesehen. Genau so war das damals. Heute war ein Mensch noch da, am nächsten Tag war er fort. Niemand war sich sicher, ob er den nächsten Tag noch erleben würde.

Am 15. April 1945 befreiten uns britische Truppen, das war der schönste Tag in meinem Leben bis dahin. Ich dachte, jetzt wird alles gut, aber ich irrte mich, denn schon Weihnachten 1946 erlebte ich meinen schlimmsten Albtraum. Auf der Geburtstagsfeier einer Freundin wurde ich von einem US-Sergeant vergewaltigt – da war ich gerade sieben Jahre alt. Ich versuchte zu fliehen, doch ich hatte keine Chance, seinen Händen zu entkommen. Da erinnerte ich mich an Mutters Worte: »Sage nichts, denke nichts, atme nicht. Hauptsache, du überlebst.«

Auch nach Kriegsende blieb Vater viele Monate auf See und ließ mich mit Mutter und meinen drei Geschwistern allein zurück. Er war Kapitän auf der Berlin, einem Passagierschiff, das von Bremerhaven nach New York fuhr. Manchmal nahm er mich mit, da war ich überglücklich. Ich wollte schon immer die weite Welt sehen. Bei Papa an Bord habe ich viel gelernt, viel mehr als in der Schule. Wissen Sie, das Leben ist die beste Schule. Zwei Burschen lernte ich kennen, die auf der Berlin als Steward und als Page angeheuert hatten – sie hießen Siegfried und Roy. Und Theodor Heuss brachte mir das Schachspielen bei, von ihm habe ich gelernt, dass man immer ein paar Züge im Voraus planen muss.

Dann kam der Tag, an dem sich mein Leben wieder einmal änderte. Nie werde ich den 27. Februar 1959 vergessen, da lag die Berlin im Hafen von Havanna. Es herrschten angenehme Temperaturen von 22 Grad, und die Sonnenstrahlen wärmten uns, als gegen Mittag Fidel Castro an Bord kam. Nachdem Batista am Neujahrstag von Kuba in die Dominikanische Republik geflohen war, war er am 16. Februar Ministerpräsident geworden. Plötzlich stand er vor mir, und es traf mich wie ein Schlag. Er war so stattlich in seiner Uniform und er blickte so stolz – innerhalb von Sekunden habe ich mich unsterblich in ihn verliebt. Ich verließ die Berlin und blieb bei ihm in Havanna; wir wohnten im Hilton. Als ich merkte, dass ich von ihm schwanger war, schien mein Glück vollkommen. Wir haben uns so auf unser Kind gefreut. Doch dann geschah das Schreckliche. Im sechsten Monat hatte ich eine Frühgeburt. An jenem Morgen trank ich ein Glas Milch, die einen seltsamen Beigeschmack hatte. Wahrscheinlich war sie vergiftet. Ich kam ins Krankenhaus, gebar mein Kind, einen Jungen, doch ein Arzt nahm ihn mir sofort weg, bevor ich ihn in die Arme schließen konnte. Später sagten sie mir, dass er tot geboren wurde, aber ich bin mir sicher, dass er geschrien hat, als er auf die Welt kam. Kurz darauf erzählte mir Frank Sturgis, ein Ausbilder in Castros Truppe, dass es Fidel gewesen sei, der die Milch vergiftet hätte. Ich wollte es nicht glauben, aber er schwor mir bei dem Leben seiner Mutter, dass dies die Wahrheit sei. Frank unterhielt in Kuba Kontakte zu CIA-Mitarbeitern, für die er Agenten anwarb – so auch mich. Er wurde mein Führungsoffizier, und ich ging in die USA. Immer wieder zeigte er mir Fotos von meinem toten Baby und sagte, Fidel sei schuld daran. Schließlich willigte ich ein, meinen Geliebten zu töten.

Im Herbst 1960 kehrte ich nach Havanna zurück. In meinem Kosmetikkoffer befanden sich zwei Giftpillen. Ich traf Fidel wieder in seiner Suite im Hilton, aber ich brachte es nicht übers Herz, ihn zu töten. Die Tabletten spülte ich heimlich in der Toilette herunter, und wir liebten uns die ganze Nacht bis in den Morgen. Die Leute beim CIA waren natürlich wütend, aber meine Liebe zu Fidel war eben stärker als alle Furcht vor jenen Männern. Ich wollte weg von ihnen, doch die CIA ließ mich nicht gehen und schickte mich mit einem Auftrag nach Florida. In den Everglades bildeten sie mich als Guerilla-Kämpferin bei den Anti-Kuba-Truppen der »Operation 40» aus – als einzige Frau. Wir stahlen reichen Amerikanern ihre Boote, schmuggelten Waffen und probten Mordanschläge. Bei Schießübungen wurde ich in den Hals getroffen – doch ich überlebte. Ich weiß, die CIA wollte mich töten, weil ich ihnen gefährlich werden konnte, denn ich wusste zu viel.

Im November 1963 fuhr ich dann mit ein paar Leuten nach Dallas. Frank war dabei, und auch Lee Harvey Oswald. Wir trainierten zusammen. Ozzie war ein stiller und zurückhaltender Typ, aber jeder seiner Schüsse traf ins Ziel. Er war einer von vielen bei dem Attentat auf John F. Kennedy, er hat den Job nicht allein erledigt. Ich bin sicher, dass Frank alles geplant hat. Für Geld hätte er seine eigene Mutter erschossen. Vor dem Untersuchungsausschuss habe ich später alles erzählt, was ich wusste, doch niemand glaubte mir. Sie verboten mir, die Namen der Agenten zu nennen, stattdessen drohten sie, mich zu enttarnen und ins Gefängnis zu stecken. Wieder musste ich fliehen, doch sie verfolgten mich und versuchten, mich zum Schweigen zu bringen. Es war ein sehr gefährliches Spiel, und ich bin froh, dass ich es überlebt habe. Wissen Sie, Sterben ist einfach, Überleben ist schwierig.

Ich denke noch heute an Fidel, sehe sein Gesicht vor mir und all die Orte, an denen wir zusammen waren. Ein letztes Mal begegnete ich ihm im Jahr 1982. Da stellte er mir einen jungen Medizinstudenten vor und sagte, er sei unser Sohn. Doch er gab mir keinen Beweis, ob es stimmte, und so wird es immer ein Geheimnis bleiben, ob er tatsächlich unser einziges Kind ist. Ich werde Fidel niemals vergessen, er war mein Lehrer und meine große Liebe. Unsere Liebe dauerte nur ein paar Monate, und doch schmerzt sie mein Herz bis heute, denn am Ende bin ich auch vor ihm geflohen. Aber besser einmal richtig lieben, als gar nicht. Jetzt spüre ich, dass mein Leben verglimmt und Ruhe in mir einkehrt.

Endlich hat meine Flucht ein Ende.

Nichts als die Wahrheit

»Glauben Sie nicht, was Sie über mich hören oder lesen. Was auch immer die Leute sagen – ich allein kenne die Wahrheit. Und die werde ich Ihnen jetzt erzählen.

Schon als Kind spürte ich, dass mir ein außergewöhnlicher Weg vorbestimmt war. Ich wurde als erste Tochter des Grafen György Bornemisza und der Gräfin Judith Széchenyi geboren. Meine Vorfahren lebten seit Jahrhunderten auf einem Gut in Györ im Nordwesten Ungarns mit freiem Blick auf den Fluss Rába.

Nach dem Abitur, das ich als Jahrgangsbeste bestand, schickten mich die Eltern zum Studium der Medizin nach Deutschland. Dort lernte ich auch meinen späteren Mann kennen, den ich leider drei Jahre nach unserer Hochzeit bei einem tragischen Verkehrsunfall in Südamerika verlor. In meiner Trauer blieb ich in Argentinien und arbeitete an der medizinischen Fakultät der Universität Buenos Aires. Dort habe ich auch César Milstein kennengelernt, der 1984 für die Erkenntnisse zur Produktion der monoklonalen Antikörper den Nobelpreis für Medizin erhielt.
    Die Arbeit an der Universität erfüllte mich, aber eines Tages überkam mich die Sehnsucht nach mei-

ner alten Heimat, und ich kehrte nach Europa zurück. Durch einen guten alten Bekannten, der seinerzeit in der Ethikkommission des Vatikans arbeitete, lernte ich den Papst kennen. Ich bekam eine Anstellung als Leibärztin und wurde seine Vertraute. Sehen Sie diesen Rosenkranz? Er hat ihn gesegnet. Ich trage ihn immer bei mir, genauso wie das Kreuz an meinem Hals. Schauen Sie, ich küsse es auf die Stelle, die auch der Heilige Vater geküsst hat. Er weiß, dass ich immer für alle nur das Beste wollte, nie für mich selbst, egal, was die Leute behaupten.

In jenen Tagen sammelte ich für wohltätige Zwecke in Afrika Spendengelder und machte mir sogar die Mühe, das Geld persönlich zur Missionsstation zu bringen. Davon sollten die hungernden Kinder versorgt und Krankenhäuser gebaut werden. Dass es mit den Bauprojekten nicht wie geplant klappte, dass es mit der Organisation der Hilfsmaßnahmen vor Ort haperte, dafür kann mich keiner verantwortlich machen. Das ist ja in Afrika leider oft ein Problem. Ich wollte stets nur allen behilflich sein. Helfen und aufklären.

Sehen Sie, die Wahrheit ans Licht zu bringen, das war mir ein großes Anliegen. Auch wenn die Erkenntnisse meine Familie betrafen und wenn sie von eher unangenehmer Art waren. Wissen Sie, die Wahrheit war mir immer heilig, so wahr mir Gott helfe. Sehen Sie, ich küsse mein Kreuz.

Ich wüsste heute noch nichts von der alten Geschichte, hätte mich damals diese Bank nicht kontaktiert. Sie schrieben, dass sie hocherfreut seien, mich endlich ausfindig gemacht zu haben. Ich sei die einzige Erbin des Nachlasses meines Onkels. Dieser habe bei ihnen in einem Safe Unterlagen von unschätzbarem historischen Wert deponiert, deren Sperrfrist in drei Monaten ablaufen würde.

Sie können sich gar nicht vorstellen, wie vollkommen überrascht ich war, hatte doch mein Vater nur recht wenig von seinem Bruder und dessen Lebensgeschichte erzählt. Wir haben immer geglaubt, er sei damals in Auschwitz umgekommen, wie all die anderen. Aber der freundliche Mitarbeiter der Bank versicherte mir glaubhaft, bei dem Mieter des Schließfaches handele sich es tatsächlich um meinen Onkel. Dieser sei vor Kriegsende mithilfe eines katholischen Priesters aus Auschwitz entkommen, habe über viele Umwege und glückliche Fügungen mit ihnen Kontakt aufgenommen und schließlich bedeutende Papiere im Tresorfach hinterlegt.

Ich habe dann mit einem Mitarbeiter der Bank das Schließfach am 27. Januar geöffnet, so war das Ende der Sperrfrist von meinem Onkel terminiert. Verstehen Sie die Bedeutung dieses Tages? An jenem Tag rettete die Rote Armee im Jahr 1945 die Gefangenen in Auschwitz und ich befreite die Niederschriften von dem jahrzehntelangen Siegel der Verschwiegenheit. Die Aufzeichnungen habe ich mit nach Hause genommen und dort in Ruhe studiert. Dann habe ich die Eintragungen verglichen mit Notizen, die mein Vater gemacht hat. Da die Tagebücher aus dem Schließfach offensichtlich unvollständig waren, habe ich die Erinnerungen der beiden Zeitzeugen zusammengetragen, um der Öffentlichkeit ein komplettes Bild zu zeigen. Die Menschen haben schließlich ein Anrecht auf die ganze Wahrheit, finden Sie nicht? Und wie viele Wahrheiten werden noch heute verschwiegen? Weil sie unbequem sind oder weil sie nicht in das bisherige Weltbild passen. Wenn Sie meine Worte anzweifeln, stellen Sie die Wahrheit der Geschichte infrage und dann müssen Sie den Menschen aber auch erklären, warum Sie gewisse Geschehnisse verschweigen wollen. Ich wollte nur helfen, dass alles ans Licht kommt, das ist die ganze Wahrheit und nichts als die Wahrheit, das dürfen Sie mir glauben. Sehen Sie her, ich schwöre es und ich küsse dieses Kreuz. Danke, dass Sie mir zugehört haben.«

»Ich denke, wir haben genug von Ihren Märchen gehört, Frau Bornemisza oder Széchenyi oder wie Sie sich auch immer jetzt nennen. Die Staatsanwaltschaft wird beweisen, dass Sie eine Hochstaplerin und Betrügerin sind und viele gutgläubige Menschen um ihr Geld betrogen haben. Wir werden weiterhin beweisen, dass fast Ihr gesamtes Leben eine einzige große Lüge ist.

Ihre Eltern gehörten weder zum Adel noch besaßen sie ein Gut. Ihr Vater war ein einfacher Zimmermann, Ihre Mutter ein kleines Zimmermädchen, und ihre Eltern arbeiteten auf einem Gut in Györ. Die beiden waren ehrliche und arbeitsame Leute, was man von Ihnen wahrlich nicht behaupten kann. Ja, Sie studierten Medizin in Deutschland, aber nur für ein Semester, einen Abschluss haben Sie niemals erreicht, weder im Studium noch in einer anderen Ausbildung. Die Umstände des Todes Ihres Mannes in Südamerika waren und sind nach wie vor mysteriös und nicht mehr zu klären, aber Sie haben zu keiner Zeit als Ärztin an der Universität in Buenos Aires gearbeitet, soviel ist sicher. Wir konnten stattdessen recherchieren, dass Sie dort als Reinigungsfrau Ihren Lebensunterhalt verdient haben und César Milstein ist Ihnen vermutlich höchstens mal auf einem Flur begegnet.

Apropos begegnet.

Ob Sie jemals den Papst persönlich trafen, kann auch niemand bezeugen. All die Geschenke, die angeblich der Heilige Vater gesegnet hat und mit denen Sie sich das Vertrauen Ihrer Opfer erschlichen haben, haben Sie für ein paar lumpige Euro in einem Laden für Devotionalien gekauft. All die Rosenkränze, Kruzifixe, Heiligenfiguren und Andachtsbilder, die nie auch nur in die Nähe des Papstes gelangten, haben Sie dazu benutzt, um Ihre Opfer in Ihre Geschichte einzuwickeln wie eine Spinne ihre Beute.

Die Frömmigkeit und Gutgläubigkeit dieser Menschen haben Sie auf arglistige Weise ausgenutzt und umgewandelt in eine großzügige Spendenbereitschaft für niemals geplante Projekte in der Dritten Welt. Kein Hilfswerk für notleidende Kinder, kein Krankenhaus in Afrika, nichts, was Sie den leichtgläubigen Menschen, die Ihnen ihr Geld anvertrauten, versprachen, hat jemals existiert.

Aber irgendwann reichte das Geld Ihrer Opfer Ihnen nicht mehr. Es lief alles wie am Schnürchen, es war zu einfach geworden, nicht wahr? Ihre Betrügereien forderten Sie nicht mehr heraus. Sie dürsteten nach mehr, mehr als Geld Ihnen geben konnte, sie strebten nach Berühmtheit. Und so planten Sie die ganz große Nummer.

Sie nutzten das düsterste Kapitel der deutschen Geschichte, um mit einer Opfer-Biografie die Reputation der Aufklärung zu erlangen. Ein perfider Plan, wussten Sie doch, dass die Deutschen nach wie vor ein schwieriges Verhältnis zu den schrecklichen Geschehnissen im Dritten Reich haben. Die Gemengelage aus einem grenzenlosen, aber heutzutage kaum mehr persönlich greifbaren Schuldgefühl eines Volkes, dessen lebende Zeitzeugen mit jedem Tag weniger werden, und einem irrationalen, aber tiefen menschlichen Bedürfnis resultierenden Wunsch nach Relativierung der kollektiven Schuld, haben Sie fast meisterhaft für sich ausgenutzt. Wächst der zeitliche und emotionale Abstand zu schrecklichen Geschehnissen, schwinden die Augen- und Ohrenzeugen, die das letzte mahnende Gewissen unserer Zeit darstellen, dann bleiben nur noch Niederschriften. Diese werden in der heutigen digitalen Welt immer weniger als reale Bücher, gedruckt auf Papier, gelesen. Die Gefahr des Verdrängens und Vergessens wächst mit jedem Tag. Als Geschichte in digitaler Form oder auch virtuell im Internet haftet der historischen Wahrheit heute, in Zeiten der Fake News, leider eine Form von Misstrauen und Ungläubigkeit an, die den Nährboden bereitet für andere, individuelle und alternative Wahrheiten, die man zuvor niemals für möglich gehalten hätte.

Sie hoben einen imaginären Onkel aus der Taufe, dessen Existenz Sie glaubhaft vorgaben, indem Sie Fotos eines fremden Mannes auf eBay ersteigerten. Dieser erfundene Onkel sollte in Auschwitz inhaftiert worden sein und dort als studierter Hirnforscher angeblich dem Arzt Josef Mengele aus Angst um sein eigenes Leben bei dessen grausamen Experimenten an den Lagerinsassen geholfen haben. Und als Dank für seine Hilfe hätten ihm dann ein katholischer Priester und Mengele höchst selbst die Flucht ermöglicht, kurz bevor letzterer sich bei Ankunft der Sowjetarmee nach Oberbayern absetzte. Auf der Flucht habe dieser erdachte Onkel dann seine Tagebücher aus jener dunklen Zeit in einem Schließfach in einer Bank hinterlegt.

Was für eine unglaubliche Geschichte, die Sie sich da ausgedacht haben! Und, meine Damen und Herren, sie wird noch besser. Über eine Freundin nahmen Sie Kontakt mit einem Geschichtsprofessor auf und boten ihm die Dokumente zur Ansicht an. Der wiederum informierte weitere Kollegen über die zu erwartenden, angeblich sensationellen, Enthüllungen. Führende Historiker warteten von da an gespannt auf die Öffnung des Tresorfaches und auf die Geheimnisse der Tagebücher. Die Fachwelt glaubte, dass man möglicherweise neue Kapitel in die Geschichtsbücher einfügen müsste. Sie haben die Veranstaltung in der Bank inszeniert wie ein Weihnachtsfest. Ein Kamerateam und Reporter von einem Nachrichtensender berichteten exklusiv und Ihre Zuschauer warteten wie kleine Kinder mit leuchtenden Augen darauf, die Geschenke, sprich die Tagebücher, auszupacken.

Es schien alles so perfekt zu passen. Die Bücher waren verfasst in ungarischer Sprache, in einheitlicher Schrift, viele Details zu der Vernichtung der Juden waren niedergelegt. Sie haben geschickt bereits bekannte Schilderungen aus Büchern oder aus dem Internet abgeschrieben und mit eigenen, frei erfundenen Geschichten garniert. Sie haben sich sehr viel Mühe gegeben, diese Opfermemoiren zu verfassen, das muss man Ihnen lassen. Alles haben Sie selbst geschrieben, nur Sie und niemand anders. Kein Onkel oder sonst wer, das hat unser Schriftgutachten eindeutig ergeben.

Aber Ihnen ist ein Fehler unterlaufen. Der Fehler, den jeder früher oder später macht, jeder, der glaubt, sein Lügengebäude sei umso perfekter, je wahnwitziger und größer die Geschichte sei. Der eine Fehler, der letztendlich alles auffliegen lässt. Wie konnte Ihnen so ein Fauxpas nur unterlaufen? Sie wissen nicht, wovon ich spreche? Ich werde es Ihnen verraten. Ich zitiere jetzt aus dem dritten Tagebuch Ihres erfundenen Onkels:

»Hitler stand vor mir und sah mich an. Seine Mundwinkel sanken herab, und in seinen Augen stand Verachtung. Dann klopfte er mir auf die Schulter. Ich schluckte und schrak zusammen. Ich streckte den Arm aus, hob die Hand und sagte »Heil Hitler«. Im selben Augenblick schämte ich mich zutiefst. Ich als Jude grüßte unseren schrecklichsten Feind. In diesem Moment wünschte ich, er hätte mich auf der Stelle erschossen.« Zitat Ende.

Ja, das war Ihr entscheidender Fehler. Sie haben in die Memoiren Ihres Onkels seine Begegnung mit Hitler in Auschwitz eingeflochten. Wussten Sie es denn nicht? Hitler war nie in Auschwitz.«

Bloody Sunday

Letzte Nacht träumte ich wieder von unserem Haus. Es lag friedlich in der Mittagssonne und zwei süßlich duftende Magnolienbäume beschatteten die leicht windschiefe Veranda mit dem blassblauen Dach. Pa hatte es mit seinen eigenen Händen erbaut, kurz bevor mein älterer Bruder Jim geboren wurde. Vaters Freunde hatten ihm dabei geholfen, das Dach und die Veranda mit dem Vordach zu zimmern. So war es damals bei uns in Selma. Freunde und Nachbarn halfen einander, beim Hausbau, bei der Ernte und auch sonst. Wir hielten zusammen, feierten gemeinsam, trauerten vereint.

In meinem Traum war ich wieder das kleine siebenjährige Mädchen, das sang und mit einer Zuckerstange in der Hand die staubige Curtis Street hinunter tanzte bis in unserem Vorgarten, den Mutter hegte und pflegte. Ma arbeitete als Lehrerin an der hiesigen Elementary School und alle Kinder hatten sie ins Herz geschlossen. Sie liebte es, nach verrichteter Arbeit am Abend im Schaukelstuhl auf der Veranda zu sitzen und mit den Nachbarn noch ein Schwätzchen zu halten, während wir Kinder auf der Straße Verstecken oder mit Murmeln spielten, bis die Sonne unterging.

Jene Tage der Ruhe und Idylle nahmen im Mai 1963 ein jähes Ende. Ich weiß noch genau, wie Pa an einem sonnigen Sonntagvormittag zu der Trauerfei-

32

er von Sam Boynton ging. Sam und seine Frau Amelia hatten schon seit ein paar Jahren in Dallas County dafür gekämpft, dass wir Schwarze uns als Wähler registrieren lassen konnten. Leider war Sam nach einem Herzanfall zu früh von uns gegangen, aber viele der Aktivisten, mit denen er seit Jahren zusammengearbeitet hatte, wollten auf seiner Totenfeier die Gelegenheit ergreifen, um vor einem größeren Publikum über ihre Ziele sprechen. An dem Morgen umstellte Sheriff Clark mit seinen Männern die Kirche, um die Feierlichkeiten und auch die Reden zu verhindern, doch Pa und seine Freunde ließen sich nicht einschüchtern.

Seitdem herrschte Krieg zwischen uns und dem Sheriff. In den darauffolgenden Wochen und Monaten verriegelten wir abends entgegen unserer Gewohnheit die Haustüren, denn viele Mitglieder des Ku-Klux-Klans zogen mit Fackeln durch die Straßen von Selma und schlugen jeden Schwarzen tot, den sie zu fassen bekamen.

Es brodelte aber nicht nur in unserer kleinen Stadt Selma, die gleichzeitig der Verwaltungssitz von Dallas County in Alabama war, sondern im gesamten Süden. Fünf Monate später, im Oktober, marschierten Ma und Pa mit ihren Freunden zu einer Masseneinschreibung. Mehr als dreihundertfünfzig Schwarze hatten sich auf den Weg gemacht. An diesem 7. Oktober brannte die Sonne glühend heiß vom wolkenlosen Himmel. Der Registrierungsausschuss, in dem natürlich nur Weiße saßen, verschleppte die

Einschreibung viele Stunden. Vom frühen Morgen bis zum späten Nachmittag mussten meine Eltern in der prallen Sonne ausharren. Mittags brachte ihnen mein Bruder Jim Wasser und Maisbrei zur Stärkung. Dafür wurden dann er und einige andere, die auch die Wartenden versorgen wollten, von Sheriff Clark und seinen Leuten zur Strafe mit Elektroschockern traktiert. Am Abend schleppten meine Eltern Jim mit allerletzter Kraft heim. Registrieren lassen konnten sie sich an dem Tag nicht, das hatten gerade mal fünfundzwanzig Personen geschafft. Zu Hause verarzteten wir meinen Bruder, beteten gemeinsam und schworen uns, niemals aufzugeben, egal, was man uns noch antun würde. Unser Schwur wurde auf eine harte Probe gestellt.

Im Sommer 1964 nahmen Ma und Pa einen neuen Anlauf, um sich für die nächste Wahl registrieren zu lassen. Sie brachen bereits bei Sonnenaufgang auf und ließen mich mit meinen beiden älteren Brüdern zuhause zurück. Wir vertrödelten den Tag mit einem mulmigen Gefühl im Magen und wunderten uns, dass die Eltern bis zum Abend noch immer nicht zurückgekehrt waren. Dann, es war schon dunkel geworden, klopften meine Freundin Lucy und ihre Mutter an die Haustür und berichteten mit aschfahlen Gesichtern, was am Tage passiert war. Als unsere Eltern und fast fünfzig andere Personen das Verwaltungsgebäude in Selma betreten hatten, nahm Sheriff Jim Clark sie fest, denn sie waren schwarz. So einfach war das damals. Farbige durften nicht wählen.

Das heißt, nachdem Präsident Lyndon B. Johnson den Civil Rights Act 1964 unterschrieben hatte, besaßen sie endlich das Recht dazu. Eigentlich. Aber die Männer, welche die Registrierungen vornahmen, dachten sich weiterhin allerlei Schikanen aus, um die schwarze Bevölkerung davon abzuhalten.

Lucy und ihre Eltern waren weiß und auf unserer Seite. Sie fanden es nicht richtig, dass diese Männer uns das Bürgerrecht des Wählens vorenthielten. An diesem Abend brachten uns Lucy und ihre Mutter selbstgebackenen Schokoladenkuchen und trösteten uns. Zwei Nächte und zwei Tage blieben sie bei uns, bis Clark und seine Männer Ma und Pa endlich freiließen. Von da an änderte sich zu Hause eine Menge.

In den folgenden Monaten marschierte Pa ständig zu irgendwelchen Versammlungen, die die Aktivisten im Geheimen abhielten. Drei oder mehr Personen durften sich ja nicht auf der Straße treffen, das hatte das Gericht verfügt. Und der Sheriff und seine Schergen freuten sich diebisch, alle zu verhaften, die sich dann als dritte oder vierte Person irgendwem anschlossen. Natürlich aus purer Gemeinheit. Sie wollten verhindern, dass wir uns verabredeten, damals, als auf dem Land Telefone noch eine Seltenheit und das Internet Lichtjahre entfernt waren. Aber unsere Beine waren schnell und ausdauernd und unser Gedächtnis gut, und so liefen wir von Haus zu Haus und gaben die Informationen mündlich weiter. Dann bekamen meine Eltern und ihre Freunde Hilfe. Hilfe von Martin Luther King. Der arbeitete zu der

Zeit als Pfarrer in Montgomery, der Landeshauptstadt von Alabama. Er war nicht nur der Führer der Southern Christian Leadership Conference, sondern der gesamten Bürgerrechtsbewegung. Sams Witwe Amelia Boynton hatte ihn und seine Organisation gebeten, uns ein Hilfsteam nach Selma zu schicken, um die Einschreibungen voranzutreiben.

Am 26. Februar 1965 starb Vaters Schulfreund Jimmy Lee. Mit ein paar anderen fuhr Pa nach Marion, einer kleinen Stadt in Alabama, in der Jimmy Lee Jackson als Diakon der baptistischen Kirche arbeitete. Auf ihrem friedlichen Protestmarsch wurde Jimmy, obwohl er als Mann Gottes keine Waffen trug, von mehreren Alabama State Troopers geschlagen und von einem, dem Trooper James Bonard Fowler, angeschossen. Vater schleppte ihn mit der Hilfe von zwei anderen noch ins Hospital, doch nach acht Tagen erlag Jimmy Lee seiner Schussverletzung.

Jimmys Tod entzündete die Lunte. Wenige Tage später, am Sonntag, den 7. März 1965, wollten etwa sechshundert Menschen auf dem Highway 80 von Selma nach Montgomery marschieren. Mit meinen Brüdern Jim und Ben stand ich am Straßenrand und beobachtete gespannt den langen Zug der schweigenden Menge. Meine Eltern liefen in der dritten Reihe. Alle hatten sich reihenweise untergehakt und trugen keine Waffen. Sheriff Clark mit seiner Truppe stoppte die Marschierenden vor der Edmund-Pettus-Brücke. Wir mussten tatenlos zusehen, wie die Polizisten unsere Leute niederknüppelten und mit Tränengas jagten. Sie kamen von rechts, von links, von überall. Ich kreischte. Sie trieben die friedlich demonstrierenden Menschen wie eine Horde Vieh vor sich her. Meine Brüder schrien. Ich weiß noch, wie einer der Troopers uns zurief »Lauft!« Wir rannten um unser Leben. Ein Officer zu Pferd schlug meine Mutter von hinten mit einem Knüppel erst auf den Rücken und dann auf die Hinterseite des Halses. Sie stürzte zu Boden, versuchte, sich wieder hochzurappeln, doch dann kam ein anderer und schlug sie auf den Kopf, bis sie endgültig am Boden liegen blieb. Er prügelte weiter auf sie ein, obwohl sie längst das Bewusstsein verloren hatte. Ich konnte nicht zu ihr durchkommen, um ihr zu helfen, da die Troopers auch alle niederknüppelten, die den Verletzten beispringen wollten. Getrieben von den brutalen Polizeischlägern flüchteten wir nach Hause und warteten dort zitternd auf Nachrichten von unseren Eltern. Erst tief in der Nacht kam Pa heim. Er blutete aus zahlreichen Wunden, sein Gesicht schmutzig und verschmiert von Tränen und Straßenstaub. »Eure Ma ist tot«, presste er heraus, »doch ich schwöre euch bei Gott, sie ist nicht umsonst gestorben.« In dieser Nacht und am folgenden Tag sprach er kein weiteres Wort. Wir Kinder saßen in der Nacht am Küchentisch eng beieinander und hofften, dass keine Troopers oder Ku-Klux-Klan-Schläger uns aus dem Haus schleppten. Wir wussten nicht, wie viele unschuldige Menschen die Polizei und die aufgebrachte rassistische Meute an jenem Tag verletzten oder töteten, doch dieser schreckliche Tag blieb nicht nur unserer Familie als der blutige Sonntag ewig in Erinnerung. Schweißgebadet wachte ich seitdem unzählige Male in der Nacht auf. Ich sehe Mutter auf der Straße liegen und ihr Blut färbt den Staub rot. Ich träume von den Schlägen, die meine Ma töteten.

Zwei Tage später, wir hatten Mutter noch nicht beerdigt, sagte Vater nur einen Satz: »Wir marschieren wieder.« Diesmal nahm er uns mit. Martin Luther King hatte alle Geistlichen des Landes aufgerufen, uns bei diesem zweiten Marsch zu unterstützen. Auch viele Weiße folgten seinem Ruf. Mit all den anderen marschierten wir vier ruhig zur Edmund-Pettus-Brücke. Dort wartete bereits Clarks Polizeitruppe mit angelegten Gewehren auf uns. King hielt einen Moment inne, kehrte dann um und alle folgten ihm schweigend und mit gesenkten Köpfen. Später meinten Vater und viele seiner Freunde, dass er aus Angst vor einer erneuten Eskalation einen Rückzieher gemacht hatte. Trotz aller Vorsicht gab es wieder einen Toten, doch der war diesmal ein Weißer. James Reeb, ein Geistlicher, wurde von mehreren Rassisten mit Schlagstöcken angegriffen und geschlagen, als er nach dem Marsch mit Freunden Walkers Café verließ. Nur zwei Tage später starb er an seinen Kopfverletzungen.

Reebs Tod ist der Wendepunkt, prophezeite Vater. Wie Recht er haben und was das für mich bedeuten würde, ahnte ich zu dem Zeitpunkt nicht im Entferntesten. Selbst der Präsident kondolierte Reebs

Witwe. Überall im Land hielten die Leute Mahnwachen ab. Man verhaftete vier Personen, ließ sie aber schnell wieder frei. Im April 1965 klagte man dann doch drei von ihnen des Mordes an. Die Zeugenaussagen belasteten sie schwer, doch wie üblich bestand die Jury nur aus Weißen und es passierte, was wir alle befürchteten. Sie wurden freigesprochen. Meine Wut über diese weiße Rechtsprechung wuchs jeden Tag und ich schwor mir, etwas dagegen zu unternehmen.

Doch zuvor marschierten unsere Leute ein drittes Mal los und endlich, sie erreichten Montgomery. Sie brauchten für die sechsundachtzig Kilometer über den Highway 80 sage und schreibe fünf Tage und vier Nächte. Vater behielt recht. Dieses Mal wurden sie nicht geschlagen und gedemütigt, sondern von Soldaten der US-Army und der Nationalgarde geschützt, das hatte der Präsident veranlasst. Noch viele Jahre später erzählte Pa mit leuchtenden Augen von dem großen Konzert am Abend, in dem Stars wie Harry Belafonte, Sammy Davies jr., Nina Simone und Tony Bennett für unsere Freiheit sangen.

Ein Geräusch riss mich aus den Bildern der Vergangenheit. Linda, meine Sekretärin, stand in der Tür und räusperte sich. »Mrs. Hamilton?«

»Was gibt es, Linda?«

»Haben Sie noch was für mich? Wenn nicht, würde ich gern nach Hause gehen. Mein Mann hat heute Geburtstag.«

»Nein, alles gut. Machen Sie Feierabend, Linda. Und grüßen Sie Ihren Mann von mir.«

»Danke, Mrs. Hamilton. Und alles Gute für morgen.« Sie stöckelte den Gang hinunter.

Ich klappte die dicke Akte auf meinem Schreibtisch zu. Morgen früh um zehn würde ich im Gerichtssaal das Abschlussplädoyer der Staatsanwaltschaft halten. Auf der Anklagebank saßen drei Ku-Klux-Klan-Mitglieder, alle über neunzig Jahre alt. Aber das spielt keine Rolle, denn Mord verjährt nicht. Auch nicht der an Schwarzen. Sie sollten ihre gerechte Strafe erhalten. Das war ich nicht nur meinen Eltern schuldig, sondern allen, die ihr Leben für die Gleichberechtigung gegeben hatten. Auf dem Weg nach Hause würde ich gleich noch ein paar Magnolien bei Flowers and More kaufen und sie auf das Grab meiner Mutter legen. Sie hatte Magnolien über alles geliebt.

Gestohlen

Alles war gut bis zu jenem Tag, an dem ich auf dem Speicher das Foto fand.

Es war der Sonntag nach meinem zehnten Geburtstag. Am Nachmittag stöberte ich mal wieder auf dem Dachboden im alten Familienkram. Das machte ich gern, wenn ich sonst zu nichts Lust hatte. Der Novemberregen trommelte auf die Fenster und die einzige nackte Glühbirne, die Vater provisorisch an einem Holzbalken befestigt hatte, spendete zu wenig Licht, um in alle Winkel sehen zu können.

Zwischen den Stapeln alter Bücher entdeckte ich eine verstaubte Schatulle, in deren Schloss noch der zierliche Schlüssel steckte. Nachdem ich den Staub mit meinem Ärmel abgewischt hatte, kam die bunte Bemalung zum Vorschein und ich öffnete das Holzkästchen. Säuberlich zusammengefaltet lag darin ein Stapel vergilbter Zeitungsausschnitte – und ein Foto. Auf dem Bild war ein Neugeborenes in einem weißen Strampler zu sehen. Es lag in einem Bettchen und auf seinem Bauch hatte jemand einen Zettel platziert mit Geburtsdatum und -uhrzeit, Größe, Gewicht und Geschlecht. Ich betrachtete das Bild genauer und stutzte. Es waren meine Daten.

Genau weiß ich es nicht mehr, aber ich muss eine gefühlte Ewigkeit auf dieses Bild, das ich noch nie zuvor gesehen hatte, gestarrt haben. Mit klopfendem

Herzen las ich die Artikel aus den verschiedenen Tageszeitungen, die allesamt von einem entführten Baby handelten. Die Reporter berichteten, dass einen Tag nach seiner Geburt das Mädchen auf dem Foto aus dem Krankenhaus geraubt worden war. Eine Frau, gekleidet wie eine Krankenschwester, brachte das Mädchen zu einer Untersuchung. Angeblich. Doch in Wirklichkeit war sie eine Kidnapperin und verschwand mit dem Baby aus der Klinik. Spurlos.

Ich erschrak. Ich wurde gestohlen? So nah wie nur möglich setzte ich mich an die Glühlampe und las mit zitternden Fingern die weiteren Zeitungsausschnitte. Zwei Jahre später fand man zweihundert Kilometer entfernt ein ausgesetztes kleines Mädchen, das Pflegeeltern aufnahmen. Diese Leute wollten das Kind auch adoptieren, doch plötzlich kam das FBI, das sich um den Fall kümmerte, zu dem Schluss, dass ich das geraubte Baby aus New York sein müsse und brachten mich zu meinen Eltern zurück.

In dem Augenblick schoss das erste Mal ein Gedanke durch meinen Kopf. Hatte das FBI recht? Waren jene Leute unten im Haus wirklich meine Mutter und mein Vater? Wie konnte das FBI davon so überzeugt sein? Die Ähnlichkeit zwischen dem Kind und den Erwachsenen habe den Ausschlag gegeben, so stand es in dem Artikel. Ich starrte auf das Foto aus dem Krankenhaus und in diesem Moment bohrte sich ein erster Zweifel in mein Herz.

War das tatsächlich *ich* auf dem Bild?

Irgendwann rief mich meine Mutter nach unten. Ich musste wohl den ganzen Nachmittag auf dem staubigen Dachboden verbracht haben. Als ich ins Wohnzimmer kam, hielt mich plötzlich eine unsichtbare Hand davon ab, zu ihnen zu gehen.

Vater faltete die Zeitung zusammen. »Was hast du da oben so lange gemacht?«

Unschlüssig starrte ich ihn an. Was sollte ich ihm bloß antworten?

»Du bist ja völlig verdreckt und verstaubt«, sagte meine Mutter und legte ihr Nähzeug beiseite.

Ich musste es wissen. Jetzt.

»Seid ihr meine Eltern?«

»Was ist denn das für eine seltsame Frage?« Vater schüttelte den Kopf. »Wie kommst du darauf?«

Mutter sprang auf, rannte auf mich zu und drückte mich so fest an ihre Brust, dass mir fast die Luft wegblieb. »Aber natürlich! Du bist doch unser großes Mädchen!«

»Aber wieso steht dann da oben in den alten Zeitungen, dass ich gestohlen wurde?«

»Wir lieben dich, wie man sein Kind nur lieben kann«, schluchzte Mutter. »Das musst du doch auch fühlen.«

»Aber das Bild in dem Zeitungsartikel von dem Baby im Hospital – bin das tatsächlich ich?«

»Mach dir keine Sorgen, mein Kind«, sagte Vater. »Wir sind deine Familie, und wir bleiben es. Vergiss den alten Kram da oben, den hätten wir längst wegwerfen sollen.«

»Mein Mädchen, ich bin so stolz auf dich.« Mutter streichelte mir sanft über das Haar, und die Tränen flossen unaufhörlich ihre Wangen hinunter. »Schau mal nach deinem kleinen Bruder, machst du das?« Sie gab mir einen Kuss.

Ich stand da, schluckte und nickte und sagte nichts mehr. Weder an jenem Nachmittag, noch an den folgenden Tagen oder in den Wochen und Monaten nach diesem Gespräch. Es sollte unser einziges bleiben.

Gehorsam ging ich zu meinem Bruder, der ahnungslos mit seinen Autos spielte, und beäugte ihn eine Weile misstrauisch. War David wahrhaftig mein Bruder? Oder doch nur irgendein Fremder?

Seit jenem Nachmittag beobachtete ich unser Leben mit Argwohn und an jedem neuen Tag wuchs meine Unsicherheit, wer meine Familie tatsächlich war.

In der Pubertät wurde es besonders schlimm. Ich flüchtete geradezu von zu Hause, ging auf viele Partys, lernte Gitarre spielen und gründete eine Rock-Band. Meine Eltern ließen mich gewähren.

»Sie muss sich ein bisschen austoben«, entschuldigte Vater mein Verhalten bei seinen Freunden und legte eine neue Schallplatte mit einem klassischen Klavierkonzert auf. »Sie liebt halt die Musik. Wie wir alle in der Familie. Unser David spielt ja auch ein Instrument.«

Das stimmte. Jedenfalls halbwegs. David lernte Geige und Cello im Schulorchester, während ich versuchte, Jimi Hendrix nachzueifern. Jeden Tag fiel mir mehr auf, wie unterschiedlich wir aussahen. Meine schwarzen Locken wuchsen wild und ungebändigt, die blonden Haare der anderen lagen glatt und wohlfrisiert. Ich fluchte und schmiss mit Dingen um mich, der Rest der Familie verhielt sich brav und wohlerzogen. Mehr und mehr fühlte ich mich fremd bei ihnen, wie das berühmte schwarze Schaf in der Familie. Machte ich dazu Bemerkungen oder stellte ich Fragen zu meiner Herkunft, wiegelten sie ab und warteten mit Gegenbeispielen auf.

»Menschen sind nun mal unterschiedlich«, erklärte Vater. »Mein Vater hatte auch dunkle Haare.«

»Und meine Schwester machte sich als Kind gar nichts aus Musik. Sie liebte Sport und kletterte auf Bäume«, fiel Mutter mit ein. »Trotzdem sind wir Geschwister.«

Doch sie überzeugten mich nicht.

Es dauerte nicht lange, und ich zog von zu Hause aus. In den folgenden Jahren nahm ich verschiedene Jobs an, um mich über Wasser zu halten, und reiste mit der Band durch das Land. Wer weiß, vielleicht war es auch eine ständige Flucht vor mir selbst, denn sesshaft wurde ich nie.

Eines Tages traf ich nach einem Konzert Jack, meine erste große Liebe, und nur ein Jahr darauf erwarteten wir Nachwuchs. An dem Tag, in dem mein Frauenarzt mich in seiner Praxis nach den Krankengeschichten in der Familie fragte, dachte ich wieder an jenen Nachmittag auf dem Dachboden, als sei es erst gestern gewesen. Nach langem Hin und Her schaffte ich es, meine Eltern zu überreden, einen DNA-Test zu machen. Höchstpersönlich brachte ich die Untersuchungs-Kits in das Labor und wartete in der Folgezeit mit nächtlichen Schweißattacken und anfallsartigem Herzrasen auf das Ergebnis.

Nach knapp drei Wochen war es endlich soweit. Als ich den Brief des Instituts aus dem Postkasten zog, traute ich mich nicht, ihn zu öffnen. Ich deponierte ihn auf dem Küchentisch, schlich drei Tage lang um ihn herum und überlegte, ob ich ihn nicht doch lieber wegwerfen sollte. Zu groß war in diesem Moment meine Angst vor der Wahrheit. Schließlich besiegte die quälende Unruhe der Ungewissheit, die an mir all die Jahre genagt hatte, meine Furcht, die mir in diesen Tagen fast die Kehle zuschnürte. Jack hatte mir angeboten, den Brief in seiner Anwesenheit zu öffnen, aber ich wollte lieber allein sein und wartete auf einen Moment, in dem er die Wohnung verließ. Mit zitternden Fingern riss ich den Umschlag auf und hätte beinahe den Befundbogen beschädigt.

Ich starrte auf das Ergebnis und war minutenlang nicht in der Lage, einen klaren Gedanken zu fassen. Zwischen meinen Eltern und mir gab es keine genetische Übereinstimmung. Hatte ich es nicht die ganzen Jahre geahnt? Eigentlich war dieses Schreiben doch nur eine Bestätigung, machte aus meiner Vermutung jetzt Gewissheit. Doch in jenem bitteren Moment der Klarheit, der Unzweifelhaftigkeit, fühlte ich mich unendlich leer. Man hatte mir mein ganzes bisheriges Leben genommen. Es war eine einzige Lüge gewesen.

In den darauffolgenden Monaten wuchs mein Bauch als Zeichen eines neuen Lebens in mir, doch ich konnte mich nicht richtig freuen. Meine Eltern wollte ich nicht mehr sehen, denn meine Wut auf sie war grenzenlos. Sie hatten mich belogen und mir mein Leben gestohlen. Ein paar Wochen vor dem Entbindungstermin standen sie vor der Tür, um zu reden.

»Du warst immer mein großes Mädchen und wirst es auch bleiben«, weinte Mutter. »Daran wird auch dieses Ergebnis nichts ändern.«

»Ich wollte immer mit euch sprechen, aber ihr seid mir immer ausgewichen«, sagte ich. »Könnt ihr nicht verstehen, wie schrecklich das für mich war?«

»Wir haben es nur gut gemeint«, entgegnete Vater. »Wir dachten, es ist besser für uns alle. Manchmal ist es gut, nicht alles zu wissen.«

Sie verstanden mich nicht oder wollten mich nicht verstehen. Wir gingen auseinander und ich hatte das Gefühl, dass unsere Familie zerbrochen war und der Riss niemals zu kitten sein würde.

Je näher der Entbindungstermin rückte, umso mehr kroch eine unbestimmte Angst in mir hoch und löste Wut und Erbitterung ab. Jack und ich erwarteten ein Mädchen. Als ich die ersten Wehen verspürte, überlegte ich, ob ich nicht doch lieber zu Hause bleiben sollte.

»So ein Unsinn«, sagte Jack. »Im Krankenhaus sein Kind zu bekommen ist viel sicherer. Für Mutter und Kind.«

Ich sah ihn zweifelnd an. »Seit Menschengedenken haben Frauen ihre Kinder zu Hause auf die Welt gebracht.«

»Aber darüber haben wir doch so oft ausführlich gesprochen. Wir fahren ins Hospital wie geplant.«

Die nächste Wehe rollte an und ich fühlte, dass meine Kraft und mein Widerstand schwanden. »Wenn du meinst.«

»Du wirst mir noch dankbar sein. Komm jetzt.«

Wir verließen das Haus und machten uns auf den Weg. Im Kreißsaal wurden wir äußerst nett von der Hebamme und einem Arzt begrüßt. Alles lief problemlos und als ich den ersten Schrei meiner Tochter hörte, platzte ich fast vor Freude und Dankbarkeit.

Ein Rascheln am Bett weckte mich aus meiner Erinnerung auf. Obwohl ich mir fest vorgenommen hatte, wach zu bleiben, musste ich irgendwann doch eingenickt sein. Die Säuglingsschwester beugte sich über das kleine Mädchen, das in meinem Arm friedlich schlummerte.

»Konnten Sie denn ein bisschen schlafen?«

»Danke, Schwester. Nicht wirklich. Wissen Sie, ich bin noch so aufgeregt.«

»Das ist ganz normal nach einer Entbindung. Haben Sie die Kleine schon angelegt?«

»Alles bestens.«

»Soll ich sie Ihnen mal abnehmen und ins Kinderzimmer bringen, damit Sie etwas Ruhe bekommen?«

»Nicht nötig, Schwester. Ich möchte mein Mädchen nicht abgeben. Ich behalte sie hier bei mir.«

»Sind Sie sicher?«

»Absolut.«

»Wie Sie wollen.« Sie verließ das Zimmer und schloss die Tür leise hinter sich.

Ich schaute auf meine Kleine, die im Traum kaum vernehmbare Schmatzlaute von sich gab. Ich streichelte ihr rosiges Gesicht und drückte ihr zarte Küsse auf die Stirn und die Wangen. Und ich hielt sie fest in meinem Arm, ganz nah bei mir.

Keine Sekunde lasse ich dich aus den Augen, mein kleines Mädchen. Niemals.

Achtunddreißig

»Wenn du diesen Brief liest, dann hat sich mein letzter und sehnlichster Wunsch nicht erfüllt.

Meine liebe Tochter, ich schreibe dir heute diese Zeilen, damit meine Geschichte nicht vergessen wird. Als wir 1930 geboren wurden, stand unser schönes Land Hanguk[1] immer noch unter der Herrschaft des japanischen Kaisers. Mutter gab mir den Namen Yena, das heißt Sternschnuppe, und meiner Schwester, die wenige Minuten nach mir das Licht der Sonne erblickte, den Namen Yerin, die Gutes bringt. Wir wuchsen in Frieden und behütet auf, bis der Zweite Weltkrieg begann. Die große Hoffnung, dass nach der Kapitulation Japans unser Land endlich frei sein würde, erfüllte sich nicht. Nachdem in der Vergangenheit erst Mongolen, dann Chinesen und schließlich Japaner über uns geherrscht hatten, teilten jetzt die Sieger unser Land in zwei Zonen auf. Die Sowjetunion besetzte den Norden, die USA den Süden, und der 38. Breitengrad markierte die Grenze. Nach dem Krieg führten unsere Eltern ein kleines Geschäft für Seide in Seoul und wir kamen so leidlich über die Runden. Rhee Syng-man kehrte aus seinem amerikanischen Exil zurück, übernahm bei uns im August 1948 von den USA die Regierungsgeschäfte und proklamierte die Republik Korea. Vier

---

[1] Hanguk = Eigenbezeichnung Südkoreas

Wochen darauf verkündete Kim Il-Sung im Norden die demokratische Volksrepublik Korea. Rhee wollte unser Land vereinen, doch die USA unterstützten ihn nicht bei seinem Vorhaben und rüsteten unsere Armee nicht mit schweren Waffen aus. Die Hoffnung auf Ruhe und Frieden zerstörten die nordkoreanischen Truppen am 25. Juni 1950, als sie die Grenze nach Süden überschritten. Unsere Soldaten waren ihnen schutzlos ausgeliefert und nur drei Tage später eroberte die Armee des Nordens Seoul und Umgebung. Wie viele andere mussten wir fliehen und unser Geschäft im Stich lassen.

Ich erinnere mich noch gut an jenen Morgen, an dem wir kurz nach Tagesanbruch mit den Eltern Hals über Kopf durch das Wohnzimmerfenster flüchteten, das auf der Rückseite zum Garten führte, während die Soldaten an die Haustür hämmerten. Wir hasteten durch den Garten, in dem der Tau des Morgens das Gras in den ersten Sonnenstrahlen glitzern ließ. Von überall kamen feindliche Soldaten, die eigentlich unsere Brüder waren. Wir rannten über die angrenzenden Grundstücke, rutschten eine Böschung hinunter und liefen Richtung Reisfelder. Wir sahen uns nicht um, sondern eilten immer weiter, so schnell wir konnten. Vater voraus, Mutter dahinter, dann meine Schwester und ich. Schon als kleines Kind konnte ich schneller laufen als sie, so blieb Yerin langsam immer weiter hinter mir zurück. Als ich mich irgendwann traute, mich nach ihr umzusehen, packten sie gerade zwei Soldaten. Ich schrie: »Mutter, sie haben Yerin!« Mutter warf nur einen kurzen Blick zurück und rief: »Komm weiter, schnell!« Vater, der schon hundert Meter vor uns lief, winkte: »Hier herüber.« Mein Herz machte einen Sprung und ich zögerte, doch Mutter rief: »Sieh nicht zurück, sonst fassen sie uns auch.« Wir rannten um einen mit niedrigen Büschen bewachsenen Hügel hinab zum Fluss, dessen ruhige Wasseroberfläche friedlich in der Sonne schimmerte. Am Flussufer gab es unzählige Höhlen, die sich weit in die Hügel hineinzogen, in denen hatten wir als Kinder Verstecken gespielt. Jetzt fanden wir in einer dieser Grotten Zuflucht. In jenem Moment ahnte ich noch nicht, dass ich meine Schwester nie wiedersehen sollte.

Die folgenden Tage und Wochen blieben wir immer in Bewegung. Vater bestimmte, wann wir den Unterschlupf verließen und auch wohin wir gingen. »Wenn wir unsere Verstecke täglich wechseln, finden sie uns nicht so leicht.« Er sollte Recht behalten. Meinen Einwand, wir müssten umkehren und nach Yerin suchen, überging er. »Wir können ihr nur helfen, wenn wir selbst in Sicherheit sind. Fassen sie uns, sind wir alle verloren.« Mutter sagte kein Wort dazu, und dabei blieb es, wir sprachen nie wieder darüber.

Drei Jahre dauerte unsere Flucht, drei Jahre, in denen Mutter immer mehr verstummte. Es war die schrecklichste Zeit meines Lebens. Am 27. Juli 1953 vereinbarten der Norden und der Süden einen Waffenstillstand. Wie zum Hohn angesichts fast einer Million gefallener Soldaten und drei Millionen getöteter Zivilisten stellte er exakt den Zustand vor dem Krieg wieder her. Auch am heutigen Tage, an dem ich diese Zeilen schreibe, ist er noch gültig, einen Friedensvertrag haben wir immer noch nicht.

Viele Jahre vergingen, bis ich durch einen Zufall erfuhr, dass meine Schwester im Norden noch lebte. Unsere Eltern waren bereits zu ihren Ahnen gegangen. Es dauerte sehr lange, bis die Regierungen beider Länder endlich Treffen zwischen Familienangehörigen vereinbarten. Ich meldete mich und bekam eine Nummer für die Lotterie zugewiesen. Hundertzweiunddreißigtausend Landsleute nahmen über die Jahre seither daran teil. Wird die eigene Nummer gezogen, hat man genau diese eine Chance, seinen Lieben zu begegnen, niemand darf ein zweites Mal seine Verwandten treffen. Unzählige Male hatte ich Pech bei der Verlosung, doch in diesem Jahr, da ich 88 Jahre alt geworden bin, wurde meine Nummer endlich gezogen. Die *38*. Die Zahl, die der Grenzlinie zwischen unseren Staaten entspricht. Ich sah es als gutes Omen an. Ich sollte mich täuschen.

Mit mehreren Bussen fuhren wir zur Amtsstube der südkoreanischen Einwanderungsbehörde, an der Grenze in dem Ort Goseong. Streng dreinschauende Beamte überprüften unsere Dokumente sorgfältig, dann ging es weiter in die entmilitarisierte Zone an der Grenze. In der nordkoreanischen Region Kumgang, in einer Ferienanlage im Diamantengebirge, sollte das Treffen stattfinden. Drei Tage hat man uns dafür Zeit gegeben.

Wir, die wir alle mehr als siebzig Jahre, nicht wenige sogar mehr als neunzig Jahre alt waren, kamen erschöpft an, doch wie alle war ich voller Vorfreude. Mein Herz klopfte heftig, ich konnte es kaum erwarten, meine liebe Schwester endlich wiederzusehen. Nacheinander riefen sie alle Namen auf und brachten uns zusammen. Alle, nur mich nicht. Ein Offizieller der nordkoreanischen Gruppe kam auf mich zu und teilte mir mit, dass meine Schwester auf dem Weg zum Hotel verstorben sei. Kein Wort des Bedauerns, keine Anteilnahme, nur eine Feststellung. Während der drei Tage, an denen die anderen sich über ihr Wiedersehen freuen, versuchte ich meine Gedanken zu ordnen und habe mich entschlossen, diesen Brief zu schreiben.

Ich weiß, mir bleibt nicht mehr viel Zeit und daher möchte ich meine Geschichte nicht der Vergessenheit preisgeben. Ich werde es nicht mehr erleben, aber ich gebe die Hoffnung nicht auf, dass eines Tages unser schönes Land wieder eins sein wird und Verwandte und Freunde sich ganz normal besuchen können. Ich wünsche mir so sehr, dass du, meine liebe Tochter, oder deine Kinder irgendwann in einem vereinten Korea leben werden.«

Sook strich zärtlich über die beiden Seiten, die mit einem feinen schwarzen Filzschreiber in gestochener koreanischer Schrift eng beschrieben waren. Sie bemerkte nicht, dass ihr Mann hinter ihren Stuhl getreten war. Er legte seine Hände auf ihre Schultern.

»Du weinst? Was hast du da für einen Brief?«

Sie faltete das dünne Papier vorsichtig zusammen und legte es behutsam in ein mit filigranen Pinselstrichen bemaltes Holzkästchen. »Er ist von meiner Großmutter Yena. Er lag in dieser Schatulle, die wir nach Mutters Tod in ihrem Kleiderschrank gefunden haben.«

»Und? Was steht drin?«

»Es ist die Geschichte von ihr und ihrer Zwillingsschwester.«

»Sie hatte eine Zwillingsschwester? Das wusste ich gar nicht.«

»Ich auch nicht. Mutter hat es mir nie erzählt. Die Schwestern wollten sich im Jahr 2018 an der damaligen Grenze treffen, doch ihre Schwester Yerin ist auf dem Weg dorthin verstorben.«

»Das ist tragisch, dass sie sich nicht mehr gesehen haben. Wenn ich mir vorstelle, wie die Grenze viele Familien jahrzehntelang getrennt hat.«

»Ja, das war ein trauriges Kapitel. Was haben wir heute für ein Glück, dass unser Land endlich wiedervereinigt ist.«

Das Haus Nummer 55

Am Abend meines fünfzehnten Geburtstags kehrte Mutter nicht mehr heim.

Der Zeiger der antiken Wanduhr rückte auf Mitternacht vor. Ich lugte zwischen den Gardinen auf die regennasse Straße, die die Straßenlaterne vor unserem Haus nur spärlich beleuchtete. Mutter arbeitete oft bis spät in dem winzigen Antiquitätengeschäft, das sie seit Vaters Deportation nach Bergen-Belsen ohne ihn führte. Doch so lange war sie noch nie ausgeblieben. Mit jeder Stunde, die verging, nagte die Angst stärker in mir.

Mein zehnjähriger Bruder Levi schlief in seinem Bett und wachte auch nicht auf, als jemand leise an die Wohnungstür klopfte. Ich öffnete die Tür einen Spalt. Die alte Frau Goldberg von gegenüber, die in ihrem graubraunen Regenmantel fast versank, blickte sich hastig um.

»Ich hoffe, es hat mich keiner verfolgt«, flüsterte sie und huschte in den Flur.

Lautlos schloss ich die Tür. Sie fasste mich an die Schulter. »Sie haben eure Mutter verhaftet. Ihr müsst hier weg«, sagte sie heiser.

»Woher wissen Sie das?« Ich wollte nicht glauben, dass meine Befürchtungen wahr sein sollten.

»Mit den eigenen Augen hab ich gesehen, wie die Gestapo sie aus ihrem Laden gezerrt hat.« Tränen liefen über ihr faltiges Gesicht. »Schnell, packt ein paar Sachen. Lauft zu dem Haus Nummer 55 in der Leipziger Straße. Dort wird euch ein Herr Mannstein verstecken.«

Nach Vaters Verhaftung hatte Mutter mit uns viele Male diesen Notfall durchgespielt. Wie in Trance griff ich einen Koffer, packte Anziehsachen für Levi und mich, zwei Bücher und wenige persönliche Erinnerungsstücke hinein. Mutters Geschenk zu meinem letzten Geburtstag, die silberne Kette mit dem ovalen Medaillon, das ein Foto der Eltern enthielt, legte ich mir mit zitternden Händen um. Dann weckte ich meinen Bruder.

»Levi, wach auf. Wir müssen fort. Schnell. Sie haben Mutter verhaftet.«

Er sah mich mit großen Augen an und bekam kein Wort heraus. Ich half ihm beim Anziehen, knöpfte seine warme Jacke zu und setzte ihm die wollene Schirmmütze auf.

Frau Goldberg schob ihn zur Tür. »Beeil dich, Rachel«, sagte sie, »lösch das Licht. Niemand darf euch sehen.« Sie zog den Kopf ein und spähte durch den Haustürspalt auf die Straße. »Jetzt. Die Luft ist rein«, flüsterte sie. »Viel Glück. Ich habe mit Mannstein besprochen, dass ihr kommt.«

Wir mieden die Lichtkreise der Laternen und drückten uns in die dunklen Löcher der Hauseingänge. Den Koffer trug ich in der Rechten und hielt Levis Hand fest in der Linken. Nach einer knappen halben Stunde bogen wir in die Leipziger Straße ein und suchten das Haus mit der Nummer 55. Wir erblickten ein mehrstöckiges, mit reichlich Stuck verziertes Gebäude, in dessen Fenstern keine einzige Lampe brannte. Ich packte den eisernen Türklopfer und zögerte. Mein Herz pochte, schließlich ließ ich ihn vorsichtig an die Tür fallen.

Innen rührte sich niemand. Ich klopfte nochmals und wir hörten ein leises Schlurfen hinter der Tür. Es kam näher, dann öffnete sich die schwere Holztür einige Zentimeter.

»Ja?« Der weißhaarige Mann im Morgenmantel über dem gestreiften Schlafanzug blinzelte.

Ich legte Levi den Arm fest um die Schultern und drückte ihn an mich. »Herr Mannstein?«

Der Alte sagte kein Wort und leuchtete mit seiner Taschenlampe in unsere Gesichter.

»Mein Name ist Rachel Rosenblum. Das ist mein Bruder Levi. Unsere Mutter ist verhaftet worden.«

Er winkte uns in den dunklen Korridor und schloss behutsam die Tür. »Frau Goldberg berichtete mir davon. Kommt, Kinder.« Der Alte tappte zu einem Wandteppich, schob ihn beiseite und entriegelte die hölzerne Tür dahinter. Eine Treppe führte hinunter in den Keller. »Hier lang.« Mühsam stieg er hinab. Am Fuße der Stufen wies er auf die linke von drei Türen. »Hier ist es«, sagte er und öffnete sie. Wir sahen in einen fensterlosen, spärlich möblierten Raum, der etwa zweieinhalb mal vier Meter maß mit einem kleinen Waschtisch rechts in der Ecke. Ich schaute mich suchend um.

»Die Toilette ist auf dem Flur«, sagte Mannstein und deutete auf einen niedrigen Zugang unter der Steige. »Versucht, ein wenig zu schlafen. Morgen früh bringe ich euch etwas zu essen.« Er zündete eine Kerze auf dem rechteckigen Holztisch an, auf dem auch ein Krug mit Wasser und ein Becher standen, und verließ das Zimmer.

Ich legte den Koffer auf das einzige Bett und verstaute unsere Kleidung in dem schmalen Schrank seitlich des Waschbeckens. In das Regal über dem Tischchen räumte ich die restlichen Habseligkeiten. Dort hatte Mannstein Kerzen und Streichhölzer deponiert. Levi zog sich aus und schlüpfte geschwind in den Schlafanzug. Er lag bereits im Bett, während ich mich ebenfalls entkleidete. Ich nahm ihn in meinen Arm und zog die Bettdecke bis ans Kinn. Obwohl es totenstill im Haus war, konnte ich lange nicht einschlafen.

In der Früh weckte uns ein leises Klopfen. Es pochte zweimal hintereinander, mit einem Ruck saßen wir senkrecht im Bett und lauschten mit angehaltenem Atem. Kurze Pause, dann klopfte es noch zwei Mal. Mannstein öffnete die Tür und balancierte ein Tablett mit Milch, Brot und Käse zum Tisch.

»Guten Morgen Kinder«, sagte er, »habt ihr ein wenig schlafen können?«

Ich nickte. »Danke. Sehr freundlich von Ihnen.«

»Esst erst einmal etwas. Immer wenn ich komme, klopfe ich tok-tok, tok-tok. So wisst ihr, dass ich es bin. Verhaltet euch möglichst ruhig.« Er prüfte den Vorrat an Kerzen und Zündhölzern und ging wieder nach oben.

Wir fielen über das karge Mahl her, das uns wie ein Festschmaus vorkam. Den größten Teil des Tages verbrachten wir in einem unruhigen Dämmerzustand. Später am Tag brachte uns Mannstein einen Teller Graupensuppe. An diesem 6. Oktober 1944 flog die britische Luftwaffe in den Abendstunden einen so schweren Angriff, dass wir im Bett zitterten und die ganze Nacht wach blieben.

Die nächsten Tage vergingen quälend langsam. In dem fensterlosen Kellerraum mit den dicken Mauern hörten wir nur wenige Laute aus dem Haus und von der Straße. Jedes Mal erschraken wir, wenn es an der Tür klopfte. Mannstein versorgte uns neben den Mahlzeiten auch mit Büchern. Um das Gefühl für die Zeit nicht zu verlieren, bat ich ihn um Papier und Bleistift. So konnte ich ein Tagebuch zu führen. In der fünften Nacht schreckte ich aus dem Schlaf hoch. Vor unserem Zimmer flüsterten mehrere Menschen. Ich lief barfuß zur Tür und lauschte.

»Haben Sie Ihre neuen Dokumente eingesteckt?« Das war eindeutig Mannstein.

»Ja, haben wir.« Die Stimme eines Mannes.

»Danke für alles.« Eine Frau. »Das werden wir Ihnen niemals vergessen.«

»Viel Glück. Gott beschütze Sie«, sagte Mannstein. Dann knarrte die Treppe.

Ich drückte die Klinke lautlos herunter und öffnete die Zimmertür einen winzigen Spalt. Mannstein stieg gerade die Kellertreppe hinauf, ein Mann und eine Frau mit zwei kleinen Koffern folgten. Die Tür zu dem Zimmer neben unserem Versteck stand weit offen. Als ich die drei nicht mehr sehen konnte, sprang ich hinüber und blickte hinein. Es war ganz genauso möbliert wie unseres. In diesem Moment kehrte Mannstein zurück. Ich erschrak und fürchtete, er könnte böse werden.

»Na Mädchen, wolltest du nachschauen, wer dort nebenan wohnt?«

Ich sah ein leichtes Lächeln in seinem Gesicht und fasste mir ein Herz. »Haben Sie den beiden neue Papiere besorgt?«

Er nickte. »Sie versuchen, damit nach England zu kommen.«

»Können Sie für uns auch welche besorgen?«

Er wiegte den Kopf hin und her. »Es wird von Tag zu Tag schwieriger. Die Spitzel der Gestapo sind überall. Ich werde sehen, was ich machen kann.«

Am nächsten Morgen half ich ihm, das freigewordene Zimmer zu putzen und für die nächsten Neuankömmlinge herzurichten.

»Wie lange verstecken Sie die Menschen hier?«

»Mitunter ein paar Tage, gelegentlich auch Monate«, sagte er. »Die beiden von letzter Nacht blieben fast ein Jahr.«

»Und wie viele Leute haben Sie bisher versteckt?«

Er überlegte. »Es müssten um die dreißig sein.«

Ich sah ihn an. Eine Frage lag mir noch auf der Zunge. »Warum tun Sie das für uns? Sie sind doch gar kein Jude?«

Er schaute mich lange an. »Das ist das Mindeste, was ich zu tun vermag.«

»Sie könnten auch verraten werden.«

Er nickte bedächtig. »Ja, ich weiß. Aber der alte Mannstein kann in den Spiegel schauen, mein Kind. Jeden Tag.« Er drehte sich um und stieg langsam die Treppe hinauf.

Wochen und Monate vergingen. Die Alliierten verstärkten ihre Luftangriffe, aber unser Haus bot vielen Menschen eine Zuflucht. Levi und ich warteten. Irgendwann erschreckten uns Mannsteins Klopfzeichen an der Tür nicht mehr. Im Gegenteil. Wir freuten uns, wenn er kam, obwohl seine Nachrichten von der Welt da draußen uns nicht ermutigten. Täglich wuchs die Zahl der Toten und der zerstörten Häuser. Er erzählte uns, dass er die anderen Gäste, wie er die Verfolgten nannte, immer fragte, ob sie uns mitnähmen. Doch alle hatten große Angst. Keiner nahm uns mit. Jedes Mal machten wir uns Hoffnung, stets blieben wir enttäuscht zurück. Obschon, ich konnte sie verstehen. Die Flucht war für jedermann höchst gefährlich. Wer wollte sich da noch mit zwei Kindern belasten, die nicht einmal die eigenen waren?

Langsam fühlten wir uns im Keller Zuhause. In der ersten Zeit vermisste Levi seine Spielkameraden, doch dann entwickelte er sich zu einer Leseratte. Er verschlang jeden Abenteuerroman, den Mannstein ihm brachte. Ich las Kästner, Heinrich und Thomas Mann, Tucholsky, Remarque, Heine und viele weitere, die auf den schwarzen Listen standen und die Mannstein wie seinen Augapfel hütete. Darüber hinaus schrieb ich meine Gedanken und Gefühle nieder. Lesen und Schreiben machten keinen Krach und konnte uns niemand nehmen. Die anfänglich so bohrende Angst wich nach einer Weile einem unterschwelligen Beklemmungsgefühl. Wir sehnten uns nach dem Tageslicht und hofften inständig, dass der Bombenhagel unseren Unterschlupf verfehlte.

Am Abend des siebten März 1945 hämmerten Männer an die Tür und zerrten Mannstein auf die Straße. Wir zogen die Schlafdecke schlotternd über die Köpfe, da wir fürchteten, die Nächsten zu sein. Draußen klappten Autotüren, dann fuhr ein Wagen mit quietschenden Reifen davon. Wir lauschten und warteten die ganze Nacht; bangten, dass die Gestapo zurückkehrte, um uns zu holen. Aber sie kam nicht.

Am folgenden Tag trauten wir uns erst gegen Mittag aus dem Versteck. Hunger und Durst trieben uns aus dem Kellerraum nach oben. Auf Zehenspitzen schlichen wir die Treppe hoch und erschraken, dass die Tür zum Erdgeschoss laut knarrte. Erwarteten, dass jeden Moment dunkle Gestalten uns verhafteten. Doch außer uns hielt sich niemand im Haus auf.

»Was machen wir jetzt bloß?«

Levi sah mich mit weit aufgerissenen Augen an.

»Wir gucken zunächst mal in der Kochstube nach, was zu essen da ist.«

Erfreulicherweise barg die Speisekammer neben der Küche ausreichend Vorräte.

»Schau mal, davon können wir eine ganze Weile leben«, sagte ich zu Levi und schmierte erst einmal ein paar Käsestullen.

Nachdem wir gegessen hatten, fühlten wir uns besser. Wir wanderten durch das Haus und schauten uns respektvoll in jedem Zimmer um. Besonders bewunderten wir die riesige Bibliothek. Am Abend wärmte ich etwas von der vorgekochten Linsensuppe auf. Zur Nacht gingen wir wieder in »unseren« Kellerraum. Wir hätten das große Schlafzimmer nehmen können, aber in unserem Versteck fühlten wir uns sicherer.

In den darauffolgenden Tagen verstärkten die alliierten Streitkräfte nochmals ihre Bombenangriffe. Sie schienen uns von allen Seiten zu beschießen. Nächtelang konnten wir nicht mehr schlafen, da uns die Sirenen und Bomben wachhielten. Wir hofften und beteten, dass der Krieg bald zu Ende ginge. Völlig unvermittelt trat am 21. April eine gespenstische Stille ein. Wir wussten nicht, was sie bedeutete. Levi saß am Tisch und zitterte.

»Glaubst du, sie holen uns jetzt, Rachel?«

Ich legte den Arm um seine Schultern und drückte ihn fest an mich. »Wen meinst du?«

»Die Gestapo. Oder die Amis. Wer auch immer.«

»Ich weiß es nicht. Wir müssen abwarten, was anderes können wir nicht tun.«

»Wenn doch Mami da wäre.« Er schluchzte.

»Wir schaffen das. Und wenn der Krieg vorbei ist, suchen wir unsere Eltern, versprochen.« Ich hoffte, dass meine Stimme ihn überzeugte.

»Sollen wir eine weiße Fahne heraushängen?«

Ich schüttelte den Kopf. »Besser nicht, die NS könnte uns entdecken und exekutieren.«

»Aber falls wir uns nicht ergeben, werden uns die Amis erschießen, nicht?« Levi rüttelte an meinen Schultern und wollte gar nicht mehr aufhören. »Sag doch, Rachel, was sollen wir nur machen?«

Wir sahen uns an. Egal, ob wir uns versteckten, oder ergaben, es konnte falsch sein. Minutenlang wurde Levi von heftigen Weinkrämpfen geschüttelt. Ich drückte ihn an mich und versuchte, ihm Halt zu geben. Viele Stunden saßen wir eng umschlungen in einer Art Starre. Bis der eiserne Klopfer dreimal gegen die Haustür schlug. Dann ein Krachen, und die Haustür flog auf. Schwere Stiefel polterten durchs Haus. Wir schlugen die Hände vor die Augen.

»Wer ist das?« hauchte Levi.

»Weiß nicht.« Die Worte blieben fast in meinem Hals stecken.

Wir starrten auf die Zimmertür und hielten den Atem an. Jemand drückte die Türklinke herunter. Ein Hüne in amerikanischer Uniform stand breitbeinig mit einer Maschinenpistole im Anschlag in der Türöffnung.

Sein schwarzes Antlitz schaute finster, doch als er in unsere ängstlichen Gesichter blickte, senkte er die Waffe, lächelte und entblößte zwei Reihen strahlend weißer Zähne.

»Hi Kids. Keine Angst.« Er kam auf uns zu.

Ich fasste allen Mut zusammen. »Mein Name ist Rachel Rosenblum. Das ist mein Bruder Levi.«

Er legte den Kopf schief. »Ihr seid Juden?«

Ich nickte. Levi klammerte sich an mich.

Aus seiner rechten Hosentasche zog der Soldat Schokolade hervor und hielt sie uns hin.

»Hier, Kids. For you. Für euch. War is over. Der Krieg ist vorbei.«

Zögernd ergriff ich mit zitternder Hand die Schokolade und gab sie Levi.

»Wohnt ihr ganz allein in diesem Haus?«

Ich senkte den Kopf. »Die Gestapo hat Vater vor zwei Jahren und Mutter vor sieben Monaten verhaftet. Seitdem verstecken wir uns hier.«

»Verstehe. Hier könnt ihr nicht bleiben. Packt eure Sachen. Ich bringe euch in Sicherheit. Dann versuchen wir herauszufinden, ob eure Eltern noch leben und wo sie sich aufhalten.«

»Wir müssen gleichfalls nach einem Herrn Mannstein forschen.«

»Wer ist das?«

»Dieses ist sein Haus. Er hat uns hier versteckt, nachdem wir allein waren. Vor sechs Wochen wurde er ebenfalls festgenommen.«

»Okay, das machen wir. Kommt jetzt.«

In wenigen Minuten hatten wir unsere Habseligkeiten in den Koffer gepackt. Levi und ich kletterten
hinter ihm die Kellertreppe hoch. Das Eingangsportal stand sperrangelweit offen. Wir traten hinaus auf
die Straße. Nach Monaten im dunklen Keller erblickten wir wieder das Sonnenlicht und fühlten die
Wärme des Frühlings auf unserer Haut. Draußen
jubelten viele Menschen.

In diesem Moment fühlte ich, dass eine neue, eine
bessere Zeit begann.

Der Winter, in dem es Schokolade schneite

An jenen Sonntag im Jahr 1948 erinnere ich mich noch genau. Es war der 20. Juni und unsere Mutter brachte das neue Geld nach Hause. Nach dem Ende des Krieges verfiel der Wert der Reichsmark rapide, und wie alle versorgten wir uns mit dem Notwendigsten auf dem Schwarzmarkt. Daraufhin führten die drei Westmächte in den Westzonen Deutschlands und bei uns in Westberlin die neue Währung ein. Ludwig Erhard verkündete, dass viele Waren nicht mehr rationiert werden müssten. Endlich sollte es aufwärtsgehen. An jenem Tag bestaunten wir das neue Geld und ahnten nicht, wie schwierig die folgenden Monate werden sollten.

Am Tag zuvor, nachdem die Währungsreform im Westen angekündigt worden war, unterbrach die sowjetische Militäradministration den Personenverkehr in unsere Stadt. Kein Mensch sollte rein- oder rauskommen. Die Sowjets fürchteten, dass die wertlose alte Reichsmark den Osten überschwemmte, und ordneten am 23. eine Währungsreform auch in der Ostzone sowie im gesamten Stadtgebiet von Groß-Berlin an. Dort galt ab jetzt die Ostmark. Die Antwort des Westens ließ nicht lange auf sich warten. Noch am gleichen Tage verboten die westlichen Stadtkommandanten von Berlin diese Währungsreform in ihren Sektoren und ordneten am 25. Juni für

Westberlin die Umstellung auf die »Mark der Bank deutscher Länder« an. Daraufhin riegelten die Sowjets nur Stunden später alle Transitwege in unseren westlichen Sektor ab. Weder mit Lastkraftwagen, noch mit der Eisenbahn oder dem Schiff konnten Güter nach Berlin gebracht werden.

Wir waren Gefangene auf einer Insel.

Nur der Luftweg blieb uns noch. Und Amerikaner und Briten planten, uns über die Luft zu versorgen. Unser Bürgermeister Reuter verkündete mit Überzeugung, dass wir Berliner zugunsten der Freiheit auch Opfer bringen und eine eingeschränkte Versorgung ertragen würden. Er hatte Recht. Wir wollten es allen zeigen. Am Montag, den 28. Juni, ging es los. Wir hörten Motoren brummen, rannten auf die Straße und starrten gebannt in den Himmel über Berlin. Und dann kamen sie, die ersten Flugzeuge mit Gütern für die Bevölkerung unserer Stadt. Die Amerikaner landeten in Tempelhof, die Briten flogen zum Flugplatz Gatow. In den folgenden Wochen und Monaten versuchten unsere Mütter, aus Milch- und Eipulver und aus Kartoffel- und Gemüsepulver in der Küche etwas Schmackhaftes zu zaubern. Wir wie auch die anderen Familien bei uns im Mietshaus und aus allen weiteren Häusern in der Straße weigerten uns, das Lock-Angebot der Ostseite anzunehmen und uns dort zum Bezug von Lebensmittelmarken registrieren zu lassen. Das kam ja gar nicht infrage. Lieber frei sein als frische Kartoffeln oder Gemüse annehmen von denen da drüben.

Der Herbst kam, die Tage wurden kürzer, und es wurde kälter. Strom gab es immer nur für wenige Stunden; und nach Sonnenuntergang hockten wir oft im Dunkeln und in der Kälte. An manchem Abend, wenn Mutter das Abendbrot zubereitete, saßen wir Kinder noch spät an den Schularbeiten. Tagsüber liefen mein großer Bruder Jürgen und ich nach der Schule zu den Flugzeugen und versuchten, etwas zu organisieren. Abends büffelten wir dann für die Penne. Dann ging das Licht aus, weil der Strom abgestellt wurde und ich machte mit den bereitgelegten Streichhölzern die zwei Petroleumlampen an, die wir uns leisten konnten.

In nur drei Monaten errichteten wir in Berlin einen neuen Flughafen: Tegel. Rund um die Uhr bauten fast neunzehntausend Arbeiter die mit zweitausendvierhundert Metern damals längste Start- und Landebahn Europas. Die Hälfte von ihnen waren Frauen. Und unsere Mutter war eine von ihnen! Wir waren mächtig stolz auf sie. Am 5. November landete der erste Flieger in Tegel. In dieser Zeit brummte es unaufhörlich in der Luft. Alle fünf bis zehn Minuten landete ein Flugzeug in Berlin, es kamen auch Wasserflugzeuge und wasserten auf der Havel oder dem großen Wannsee. Dadurch kamen wir auch an Kohle zum Heizen. Doch die Briketts waren abgezählt für jeden Haushalt. Wir brauchten sie für den Herd zum Kochen. Hatten wir keine Kohle mehr, nahmen wir Holz. Alles, was in unserer Wohnung aus Holz war, verbrannten wir nach und nach. Ich weiß noch, wie mein kleiner Bruder Heinz weinte, als er seine Bauklötze hergeben musste, damit wir heizen konnten. Am Ende des Winters, der glücklicherweise recht mild ausfiel, verfeuerten wir sogar unsere Wäscheklammern.

Aber das Schönste war die Vorfreude, wenn die Flugzeuge kamen. Wir warteten am Flugplatz Tempelhof und vor der Landung warf die Besatzung Süßigkeiten an kleinen Fallschirmen ab. Jürgen und Heinz gingen keiner Rauferei aus dem Weg, um an die Cadbury-Schokolade oder an die leckeren Kekse zu kommen. Wir Mädchen hatten da keine Chance. Aber meine Brüder brachten oft stolz ein Päckchen Schokolade nach Hause, das gerecht unter uns vieren geteilt wurde. Wir ließen jedes einzelne Stück ganz langsam im Mund zergehen. Man wusste ja nie, ob und wann wir noch mal eines bekamen. Das war wie Weihnachten. Ach ja, Weihnachten. Da kam »Santa Claus« und verteilte an uns Geschenke aus dem Flugzeug heraus. Und Bob Hope besuchte uns in West-Berlin zu Weihnachten und gab auf dem Flughafengelände Tempelhof einige Vorstellungen. Wir gingen natürlich hin. Das war eine Riesensache für uns.

Anfang Januar 1949 passierte dann etwas, von dem ich damals noch nicht wusste, dass es mein Leben später entscheidend beeinflussen würde. In unserer Straße, drei Häuser weiter, stürzte ein Flugzeug in ein Mietshaus. Ich habe noch heute das immer lauter werdende Brummen, das uns hochschreckte, und den gewaltigen Knall, als das Flugzeug dann dort in die fünfte Etage krachte, im Ohr. Wir ließen alles stehen und liegen und rannten nach draußen so schnell wir konnten. Das Flugzeug hatte das Dach zerstört und steckte in der obersten Etage. Wir machten uns keine Gedanken, ob eine Explosion drohen könnte, sondern hasteten über das Treppenhaus nach oben. Jürgen kletterte über den Schutt der zerstörten Wände voran zu dem Piloten, der wie durch ein Wunder überlebt hatte. Er war bei Bewusstsein, aber in der Kabine eingeklemmt. Wir Kinder wollten ihm helfen, schafften es jedoch nicht, ihn zu befreien. Mein Bruder und sein Freund Peter aus dem Nachbarhaus liefen los, um Hilfe zu holen. Mehr und mehr Leute kamen und versuchten, die Gesteinsbrocken mit den bloßen Händen wegzuräumen, um einen besseren Zugang zu ihm zu schaffen. Mit meinen zwölf Jahren war ich dünn und klein genug, um in der schmalen Lücke vor dem zerbrochenen Fenster der Pilotenkabine zu kauern. Ich sah, dass er Schmerzen litt, aber er lächelte mich die ganze Zeit tapfer an. Ich kramte meine wenigen englischen Brocken zusammen und versuchte, ihn zu beruhigen.

»We help you, Sir«, sagte ich und streckte meine Hand zu ihm aus. Er ergriff sie und drückte sie fest. Ich lächelte ihn an, und er lächelte zurück. Während die Helfer sich zu ihm vorarbeiteten, blieb ich die ganze Zeit bei ihm. Wir sprachen nicht viel. Irgendwann zog er ein Foto aus der Brusttasche seines

Hemdes und gab es mir. Es zeigte einen Jungen in meinem Alter.

»This is my son Jim. He is fourteen years old.«

Ich schaute mir das Foto genau an. Der Junge trug Sport-Kleidung, hielt einen Baseball-Schläger in der Hand und blickte aufrecht und stolz in die Kamera.

»Ich heiße Hilde. My name is Hilde«, sagte ich.

Er drückte noch fester meine Hand. »It's good to have you here, Hilde. I'm Tom Clarke from Columbia in South Carolina.«

Dann schoben mich die Erwachsenen zur Seite. »Lass uns ma ran, Kleene.«

Mit vereinten Kräften und großen Schneidewerkzeugen befreiten sie den Piloten und schleppten ihn die Treppe hinunter. Unten vor dem Haus wartete ein Krankenwagen. Als sie ihn auf die Trage legten, trat ich neben ihn.

»Here is your photo«, sagte ich.

»Keep it with you, Hilde, and some day, come and visit me and my family in the United States.«

»Das werde ich. I will.«

Er nickte, lächelte mich an und winkte mir zum Abschied, als sie ihn in den Rettungswagen schoben.

Zu Hause beschriftete ich das Foto auf der Rückseite. Sorgfältig malte ich jeden einzelnen Buchstaben: Jim und Tom Clarke aus Columbia, South Carolina. Dann legte ich es in das kleine buntbemalte Holzkästchen, in dem ich damals meine anderen Schätze aufbewahrte.

Ich blicke auf das vergilbte Foto, das neben dem Laptop liegt. Es hat über die vielen Jahre ein paar Knicke abbekommen und die Ecken sind angestoßen, aber den Jungen auf dem Bild kann man immer noch gut erkennen. Die Zimmertür, die ich nur angelehnt habe, knarrt leise.

»Na, kommst du mit deiner Erzählung vorwärts?« Mein Mann steckt den Kopf durch den Türspalt.

»Ja, es läuft gut. Schau mal, hier ist ein Foto von dir, das mir dein Vater gegeben hat, als er bei uns in der Straße mit seinem Flugzeug abgestürzt ist.«

»Zeig mal«, sagt er und tritt hinter mich. »Ja, damals war ich bei den Columbia Fireflies, als dieses Foto gemacht wurde. War eine schöne Zeit, auch wenn Vater in den Krieg musste.«

»Aber dein Vater und viele seiner Kameraden haben uns in Berlin in diesen Monaten geholfen zu überleben.«

»Und du hast ihm in der Not beigestanden, das hat er mir immer erzählt. Gut, dass du seine Einladung angenommen und uns hier besucht hast.«

»Ja, sonst hätten wir uns mit Sicherheit niemals kennengelernt.«

»Stimmt.«

»Es war nicht einfach, euch ausfindig zu machen, aber ich habe nicht aufgegeben.«

»Ihr alle in Berlin habt niemals aufgegeben.«

Ich gebe ihm einen Kuss. »Und dein Vater und seine Kameraden haben alles für uns getan.«

Habt keine Angst

Seit Tagen hockten wir fast ununterbrochen in dem Keller. Ständiger Bombenalarm hatte uns immer wieder hinuntergetrieben. Vor drei Tagen hatten meine Mutter, mein Bruder und ich unsere zerstörte Straße zuletzt gesehen. Wir waren zur Beerdigung von Tante Rosa gegangen. Es war nicht unsere erste Beerdigung, aber so viel Angst hatten wir noch nie. Als wir an ihrem Grab standen, konnten wir die Tiefflieger fast mit den Händen greifen, und auf dem Friedhof waren wir ihnen schutzlos ausgeliefert. Wir waren so froh, wieder heil in unserem Versteck angekommen zu sein. In den letzten Wochen war es unser zweites Zuhause geworden. Wir hatten keine Nacht richtig geschlafen, waren völlig erschöpft und verdreckt. Wenigstens gab es noch etwas zu essen. Die gebunkerte Verpflegung sollte über die Ostertage reichen. Insgeheim beteten wir für das Ende. Das Ende der Bomben, des Fliegeralarms, des Krieges. Aber was dann? Wenn die Amerikaner uns entdeckten? Was würden sie mit uns tun?

Heinz zitterte erbärmlich. Mein kleiner Bruder fürchtete sich im Dunkeln. Ich eigentlich auch, aber das durfte ich ihm nicht zeigen. Im Schein der einzigen Öllampe legte ich den Arm um seine Schultern und drückte ihn fest an mich. Mutters Kopf war auf den klapprigen Holztisch gesackt, sie war vor Erschöpfung eingeschlafen.

Ich schaute auf den kleinen Kalender, der an dem rostigen Nagel an der Wand hing. Um nicht das Gefühl für die Zeit zu verlieren, hatten wir jeden Tag, der vergangen war, ausgekreuzt. Heute war Karfreitag. Der stille Tag. Draußen nahmen die amerikanischen Panzer ganze Häuserzüge unter Dauerbeschuss. Unsere Flakbatterien waren längst verstummt. Wann würde endlich Ruhe herrschen?

Ich schreckte hoch. Irgendwann musste ich auch eingenickt sein. Es dauerte einen Moment, bis ich zur Besinnung kam. Der Morgen dämmerte bereits, es war Karsamstag. Und es war tatsächlich still. Unheimlich still. Auch aus der Ferne hörte man nichts mehr. Totenstille. Ich konnte es kaum glauben. War es das ersehnte Ende? Im flackernden Licht blickte ich in Mutters angsterfülltes Gesicht. Ihre Augen wanderten unruhig hin und her, als versuche sie, noch irgendeinen Laut zu erhaschen.

Aber da war nichts.

Wir harrten aus. Mehrere Stunden. Aßen von dem eingekochten Obst. Als wir die letzten Pflaumen löffelten, donnerten plötzlich schwere Stiefel die Kellertreppe hinab. Mutters Hand krallte mit aller Kraft den Kellerschlüssel. Die Klinke wurde gedrückt. Wir rührten uns nicht. Nochmals wurde die Klinke heruntergedrückt, Mutter legte den Finger auf ihre Lippen. Überflüssig, wir hätten kein Wort herausgebracht. Ich presste meinen Bruder mit beiden Armen an meine Brust. Bewegungslos und atemlos starrten wir auf die Tür.

Draußen flogen englische Wortfetzen umher. Dann gab es einen gewaltigen Schlag und die Tür flog auf. Sie hatten sie aufgetreten. Das altersschwache Schloss hatte nicht standgehalten. Zwei dunkelhäutige amerikanische Soldaten blickten uns an, die Maschinengewehre im Anschlag. Wir hielten den Atem an. Nach endlosen Sekunden, in denen sie unser kleines Versteck gemustert hatten und außer uns dreien keine Seele entdecken konnten, ließen sie die Gewehre langsam sinken. Der kleinere von beiden blieb breitbeinig in der Tür stehen, der andere, fast zwei Meter groß, untersuchte unsere Vorräte. In dem schummrigen Licht sah das Weiße in seinen Augen riesig aus. Immer wieder blickte er zu uns rüber und wir verfolgten angstvoll, was er tat.

Er griff ein Glas mit Stachelbeeren, öffnete es und probierte das Obst. Ein leichtes Lächeln huschte über sein Gesicht. Ich schöpfte Hoffnung. Er reichte seinem Kameraden auch ein Glas und die beiden aßen mit sichtlichem Genuss unsere Stachelbeeren.

Als sie die Gläser geleert hatten, wischte er sich mit dem Ärmel den Mund ab. Dann legte er den Kopf schief. »Don't be afraid.«

Seine tiefe Stimme klang angenehm. Aus seiner linken Hosentasche zog er ein Päckchen Kaugummi hervor und legte es auf unseren Tisch.

»Don't be afraid. Habt keine Angst.«

Er ging zur Tür, drehte sich noch mal um und winkte lächelnd. Dann polterten die beiden die Treppe hinauf.

Die Kellertür stand weit offen, von oben schien etwas Tageslicht in unser Versteck, das keines mehr war. Minuten vergingen, Stunden verrannen. Wir trauten uns nicht, den Keller zu verlassen. Wir saßen einfach nur da. Ich schaute auf den Schlüssel, den Mutter immer noch fest in der Hand hielt. Aber wir zitterten nicht mehr. »Don't be afraid« hatte er gesagt, habt keine Angst. Wie ein Echo hallten diese Worte in meinem Kopf. Sein Gesicht mit den riesigen Augen sah ich vor mir, sah ihn die Stachelbeeren essen. Und auf dem Tisch im schmalen Lichtschimmer lag das Kaugummi, wie eine Friedenspfeife. Stachelbeeren gegen Kaugummi. Ein guter Tausch. Für uns war der Krieg zu Ende. Endlich.

HEUTE

Zwanzig Minuten

07.20 Uhr, Hauptbahnhof Gelsenkirchen.

Mit quietschenden Bremsen trudelt die Straßenbahn Linie dreihundertzwei Richtung Buer Rathaus ein. Türen öffnen sich und spucken einen Schwall Menschen aus, in Eile auf dem Weg zur Arbeit oder in die Schule.

Im leicht angestaubten beigebraunen Trench drängelt ein vornehmer Mittsiebziger ungeduldig in die Bahn, kaum, dass alle ausgestiegen sind. Die türkische Mutter mit schwarzen Leggins unter dem kniebedeckenden Jeansrock müht sich beim Einstieg vergeblich mit einem überdimensionalen Kinderwagen. Ein gepiercter, an den verschlissenen Jeans kettenbehangener und bis auf einen knallorange gefärbten Irokesenkamm kahlgeschorener Punk kommt ihr in abgeschabten Springerstiefeln zu Hilfe und hebt die Säuglingskutsche locker in die Bahn.

Ich quetsche mich auf einen Sitzplatz zwischen einem hochgewachsenen Japaner im eng geschnittenen Businessanzug, der auf einem geöffneten Laptop auf den Knien fleißig eine Präsentation tippt, und einer mütterlich dreinblickenden russischen Matrone, die ein abgegriffenes, über fünfhundertseitiges dickes Taschenbuch in kyrillischer Schrift auf ihrem überdimensionalen Busen hält. Etwas gehetzt sehe ich auf die Armbanduhr, denn um acht Uhr beginnt mein Vorstellungsgespräch.

07.22 Uhr, Heinrich-König-Platz.

Die geöffnete Strickjacke der Türkin enthüllt, dass sie erneut Nachwuchs erwartet. Der Mittsiebziger platziert sich in der Sitzreihe gegenüber und legt seine Aktentasche akkurat auf dem Schoß ab. Ausgiebig putzt er seine Brille, dann mustert er die werdende Mutter, zieht die Mundwinkel pikiert abwärts und schüttelt demonstrativ den Kopf. Für alle Mitfahrenden vernehmlich teilt er seinem Nachbarn, einem griesgrämig dreinblickenden Rentner, dessen abgewetzte braune Cordhose und kariertes Jackett mit Lederflicken auf den Ellbogen auch schon bessere Tage gesehen haben, mit: »Typisch. Das Einzige, was die können, ist Kinder kriegen und vom Kindergeld leben. Und wir bezahlen.«

Das karierte Jackett stützt sich auf seinen Spazierstock und nickt: »Un selber zahlen se nix inne Kasse ein. Unsereins hat dat janze Leben malocht un kricht getz auch nich mehr als die.« Kunstpause. »Odda soga noch nich ma. «

07.23 Uhr, Musiktheater.

In komplett schwarzem Outfit steigen drei Männer zwischen sechzehn und zwanzig Jahren in die Bahn ein. Ihre T-Shirts spannen über den im Fitnessstudio auftrainierten Bizeps- und Pectoralismuskeln, ein Pfund Gel stylt die dunklen Rest-Haare über dem angesagten superkurzen Side-Cut. Zahlreiche Tattoos zieren ihre nackten Arme und an den Hälsen und Handgelenken baumeln schwere Goldketten.

Die drei Karikaturen von Gangsta-Rappern versprühen eine Überdosis Testosteron und rempeln die im Gang vor ihnen stehenden Passagiere an.

07.24 Uhr, Kennedyplatz.

Mit den Ellbogen presst die russische Matka die Tasche an ihren prallen Leib. Ihr Kopf verschwindet hinter dem abgegriffenen Buch, das bestimmt schon jeder in der gewiss nicht kleinen Familie gelesen hat. Jählings erschüttert ein krachender Nieser ihre mindestens zweihundert Pfund Lebendgewicht. Macho eins, der direkt vor ihrer Nase steht, springt theatralisch einen Schritt zurück.

»Ey du Opfer, rotz mich nicht an.«

Er ist der Kräftigste des schwarzen Trios und gibt den Wortführer. Demonstrativ wischt er sein T-Shirt ab und beugt sich zu der russischen Mittfünfzigerin hinab. Ihr kaum vorhandener Hals verschwindet völlig zwischen den Schultern. »Entschuldigung« haucht sie und krallt mit zitternden Händen Tasche und Buch fester.

07.26 Uhr, Grillostrasse.

Breitbeinig steht der Anführer vor ihr.

»Ey, was liest du?« Er reißt ihr die Lektüre aus den Händen, stößt seinen Kumpel mit der Schulter an und hält ihm das Buch unter die Nase.

»Ey Bro, hasse sowas schomma gesehen?«

Macho zwei dreht es von rechts nach links, oben nach unten und hinten nach vorne.

»Wer liest denn son Scheiß?« Er drückt den Wälzer dem Dritten in die Hand. »Fürs Klo.«

Macho drei blättert den Schmöker herablassend durch, verzieht die Nase und wirft ihn der Frau in den Schoß zurück. »Yo, fürs Klo.«

Binnen Sekunden wechselt die Gesichtsfarbe der armen Frau von Rot in eine wächserne Blässe.

07.29 Uhr, Schalker Meile.

Der Boss stemmt die Hände in die Hüften, schiebt das Becken vor und stellt die Beine noch ein bisschen breiter auf. »Steh auf, Alte. Ich will sitzen.«

Es ist totenstill in der Bahn, keiner der Anwesenden spricht noch ein Wort. Einige Fahrgäste schauen angestrengt auf einen imaginären Fleck auf dem Fußboden, andere mustern interessiert die abgewirtschafteten Häuserzeilen der langsam vorbeiziehenden Kurt-Schumacher-Straße mit den blauweißen Zeichen einer ruhmreichen Schalker Vergangenheit. Hilfesuchend schaut sich die Frau um.

»Dahinten sind doch freie Plätze. Ich sitze hier.«

»Los, King, zeig ihr, wer hier der Chef ist.«

Sie grinsen überlegen, fahren sich mit den Händen durch die gegelten Haare, schlagen sich ab. Ihr Anführer wächst noch einmal fünf Zentimeter.

»Kannse nich hören, Alte? Dat is mein Platz.«

07.31 Uhr, Stadthafen.

Der King packt die Russin an ihrem Haarknoten und zieht sie mit einem Ruck vom Sitzplatz hoch.

Tasche und Buch poltern zu Boden. Geschmeidig wie eine Katze erhebt sich der geschniegelte Japaner, legt den Laptop bedächtig auf seinen Sitz und stellt sich neben sie.

»Lassen Sie die Frau in Ruhe.« Seine Stimme ist leise und unaufgeregt.

Die schwarze Nummer eins hält dem asiatischen Gentleman die rechte Faust unter die Nase.

»Ey Spacko, du hass hier ga nix zu melden.«

Der Japaner verzieht keine Miene. »Treten Sie zurück.« Seine Gelassenheit lässt Kings Gesicht knallrot anlaufen. Seine Augen blitzen auf.

07.33 Uhr, Willy-Brandt-Allee.

Geschmeidig tritt der Japaner einen Schritt beiseite, Kings rechter Schwinger saust an ihm vorbei. Er packt Kings Arm und dreht ihn in einer einzigen fließenden Bewegung dem Angreifer auf den Rücken. Mit einem Fußkick in die Kniekehle befördert er den völlig überraschten Burschen zu Boden.

»Sie lassen jetzt die Frau in Ruhe. Verstanden?«

Kings Kumpel bauen sich drohend beidseits neben dem Mann aus dem Land der aufgehenden Sonne auf. »Der Japse meint doch echt, hier wat melden zu müssen.«

07.35 Uhr, Veltins-Arena.

Betont lässig tritt der Punk mit dem Sex-Pistols-Aufnäher auf seiner löchrigen Jeansjacke hinter den Business-Japaner.

»Mann, mit drei auf eine Frau losgehen, das ist alles, was ihr draufhabt? Wolln mal sehen, was ihr Luschen jetzt noch zu melden habt.« Er löst eine Kette vom Gürtel, wickelt sie zweimal um die rechte Hand und fixiert die beiden Großmäuler.

Macho drei zieht sein Springmesser aus der Hosentasche.

07.38 Uhr, Bergmannsheil.

Ich springe auf den erblassten Cordhosen-Rentner zu. »Schnell, Ihren Spazierstock!«

Bevor der noch irgendetwas sagen kann, packe ich seine abgeschabte Gehhilfe an beiden Enden und baue mich ebenfalls hinter dem Japaner und rechts von dem Sex-Pistols-Fan auf. Die junge türkische Mutter zieht aus dem Korb des Kinderwagens einen knallroten Regenschirm und stellt sich an die linke Seite des Punks. Mit einer für ihre Leibesfülle erstaunlichen Beweglichkeit taucht die russische Matrone aus der Tiefe auf. Sie pfeffert die kyrillische Schrift Macho drei mit dem Schwung einer geübten Diskuswerferin an den Kopf. In hohem Bogen fliegt sein Springmesser auf den Boden.

07.40 Uhr, Buer Rathaus. Endstation.

Die drei Möchtegern-Gangsta-Rapper sehen sich einer mit Schirm, Stock und fliegendem Buch bewaffneten Übermacht unter der Führung eines in der fernöstlichen Kampfkunst erprobten Japaners gegenüber. Die Straßenbahntüren geben quietschend den Fluchtweg nach draußen frei. Macho zwei und drei springen aus der Straßenbahn.

Der Mann aus Fernost schiebt King zur Tür. »Zieh Leine, bevor ich es mir anders überlege.«

King spurtet hinter seinen beiden Kumpels her.

Ich gebe der Cordhose ihren Spazierstock zurück. Meine Armbanduhr sagt mir, dass die ganze Geschichte nur zwanzig Minuten gedauert hat. Zum Vorstellungsgespräch für die Stelle der Chefsekretärin werde ich in jedem Fall noch pünktlich kommen.

Parker ist ein guter Junge

Verdammte Bullenhitze in diesem Kabuff. Jetzt sind es schon fast zwei Stunden, die ihr Scheißkerle mich hier warten lasst.

Der große Zeiger der Wanduhr gegenüber kriecht im Schneckentempo auf die eins zu. Außer mir gibt es nur eine dicke Schmeißfliege in dieser stinkenden und muffigen Kammer. Das Vieh krabbelt die nackte weißgekälkte Wand hinauf. Oben in der Ecke lauert eine Spinne in ihrem Netz. Aber kurz vor der Falle biegt die Fliege ab und schlägt einen Bogen.

Ha, gar nicht blöd, Fliege. Genau so muss man es machen. Ihr denkt bestimmt, ich gehe euch ins Netz. Da habt ihr euch aber geschnitten. Den Gefallen tue ich euch nicht. Egal, wie lange ihr mich hier noch sitzen lasst.

Die Tür fliegt auf und ich spüre einen leichten Windzug in meinem Nacken.

»Sorry, es hat länger gedauert, Mrs. Kazinsky.«

Spar dir den Spruch. Als ob du das bedauerst. Hast du extra gemacht. Hundertpro. Willst mich weichkochen. Aber nicht mit mir.

»Mein Name ist Detective Perrini. Wir müssen uns unterhalten.«

Müssen wir? Gar nichts muss ich, Spaghetti.

Der faltige Italo-Cop pflanzt sich mir gegenüber an den abgeschabten Holztisch, in den schon tausende Bullenopfer vor Wut gebissen haben.

»Ihr Name ist Cindy Kazinsky. Sie sind geboren am 15. Juli 1973?« Der spindeldürre Detective sieht mich fragend an. Ich knicke mir die Antwort.

»Also ja. Sie wohnen 8368 South Baker Avenue, Chicago?«

Gut abgelesen, Spaghetti.

»Und Ihr Sohn Parker wohnt auch bei Ihnen?«

Du kannst mich mal. Das geht dich die Bohne an.

»Mrs. Kazinsky, so kommen wir nicht weiter. Sie helfen Ihrem Sohn nicht, wenn Sie nicht mit uns kooperieren.«

Wer macht schon mit den Cops gemeinsame Sache? Mein Vater und sein Vater haben allen in unserer Familie bei jeder Gelegenheit eingebläut: Wenn die Cops euch was fragen, Klappe halten.

»Cindy, Mrs. Kazinsky, ich darf Sie doch Cindy nennen?«

Jetzt versuchst du es also auf die Kumpel-Tour. Cindy hin, Cindy her. Vergiss es. Bei mir beißt du auf Granit.

»Cindy, Ihr Sohn Parker ist achtundzwanzig Jahre alt. Und er wohnt immer noch bei Ihnen.«

»Was dagegen?« Klugscheißer.

»Natürlich nicht. Aber die meisten Söhne in dem Alter haben eine Familie oder eine eigene Wohnung.«

»Er eben nicht. Na und?«

Worauf will der Typ hinaus? Der Spaghetti legt den Kopf schief. In seinen Segelohren kann man glatt 'ne Mini-Pizza verstauen.

»Was arbeitet er denn?«

»Verschiedenes.«

»Erklären Sie mir das genauer, Cindy.«

»Na, Verschiedenes eben. Also dies und das.« Vielleicht ist es nicht schlecht, dem Cop einen Happen zu servieren.

»Bei Cabrales Repair Service zum Beispiel.«

»Ähm, die Autowerkstatt an der South Commercial Avenue?«

»Genau die.«

»Arbeitet er da immer noch?«

»Ne, ist schon länger her. Der Halsabschneider hat zu schlecht gezahlt.«

»Und seitdem?«

Typisch Cop. Gibt man denen den kleinen Finger, nehmen sie gleich die ganze Hand.

»Mann. Was weiß ich.«

Mein Kopf juckt und es ist hier drin stickig wie in 'nem Box-Gym.

»Armando's Tire Shop.«

»Und jetzt?«

Was will der Typ von mir? Und was von Parker?

»War nichts für ihn. Der Chef war ne verdammte Niete. Er sucht sich gerade was Besseres.«

»Das heißt, er hat jetzt keinen Job?«

»Er hilft mir.«

»Wobei?«

»Na ja, im Haus und so.«

»Und Sie arbeiten was, Cindy?«

»Kann nicht. Rücken kaputt.«

»Und wovon leben Sie?«

»Sozialhilfe. Was denken Sie? Und Parker bringt auch immer was nach Hause. Er ist ein guter Junge.«

Perrini kritzelt irgendetwas auf seinen Block, der vor ihm auf dem abgewetzten Tisch liegt.

»Aber woher das Geld stammt, wissen Sie nicht?«

»Seine Sache. Und ich frag ihn auch nicht. Hauptsache, er bringt was.« Meine Zunge klebt am Gaumen. »Mann, habt ihr hier nicht mal ne Coke? Ich hab einen Scheiß-Durst.«

»Gleich, Cindy.«

»Ne, nicht gleich. Ich sag nix mehr, wenn ich nicht ne Coke kriege. Und zwar ne große, klar?«

Ich schiebe den Stuhl zurück und gucke demonstrativ an ihm vorbei zur Uhr. Perrini sieht mich an, nach geschätzten neunzig Sekunden steht er wortlos auf und dackelt zur Tür.

Wer sagt es denn. Man darf eben nicht kuschen vor den Cops. Selbst die Bedingungen stellen. Dann läuft's. Was ist bloß los mit Parker?

Nach ein paar Minuten kommt Spaghetti zurück und stellt mir eine kalte große Pepsi-Cola hin.

»Das ist ja ne Pepsi. Ich wollte ne Coke.«

»Gibt es hier nicht. Wir haben nur Pepsi. Entweder die oder keine.«

Spielt der irgendwelche Spielchen mit mir? Aber vielleicht stimmt die Geschichte ja auch. Ist eben doch ein Scheißladen hier. Noch nicht mal ne echte Coke haben die. Ich setze die Pepsi an und jage ein Drittel davon in einem Zug meine Kehle runter.

»Okay Cindy, weiter. Also, Parker bringt Geld nach Hause, obwohl er keinen Job hat?«

»Mann, vielleicht hat er wieder einen, okay? Seine Sache.«

»Kriegt er manchmal Besuch zu Hause?«

»Ne.«

»Verkehrt er mit merkwürdigen Typen?«

»Was weiß ich, mit wem er sich trifft. Er ist erwachsen. Ich kümmere mich nicht um seine Angelegenheiten und er nicht um meine.«

»Wann haben Sie ihn das letzte Mal gesehen?«

Aha. Jetzt kommt die Cop-Spinne auf mich zu. Achtung, aufpassen. »Hm. Heute?«

»Denken Sie genau nach, Cindy.«

»Oder gestern.«

»Sicher?«

Natürlich nicht. Parker kommt und geht, ohne mir was zu sagen. Manchmal ist er tagelang weg. Aber das werde ich dem Spaghetti garantiert nicht auf die Nase binden.

»Yep.«

»Hat Ihr Sohn ne Waffe?«

»Weiß nichts davon.«

Scheiße, verdammte, wo führt das hin?

»Nie eine gesehen?«

»Sag ich doch.«

»Mrs. Kazinsky, Ihr Sohn steckt in großen Schwierigkeiten.«

Ah, jetzt bin ich wieder Mrs. Kazinsky für dich. Aber ich lass mich nicht einlullen von dir. Als unsere

Familie im vorigen Jahrhundert Warschau verließ und in die Staaten auswanderte, flüchteten wir vor den Bullen in der Heimat. In New York angekommen waren wir auch immer auf der Hut vor euch Scheiß-Cops. Genau wie jetzt hier in Chicago.

»Er hat am Nachmittag in Hyman's Hardware einen Polizisten erschossen und sich dann dort mit mehreren Geiseln verschanzt.«

Vorsicht, Falle.

»Glaub ich nicht.«

»Ist aber Fakt.«

»Woher wisst ihr, dass es Parker ist?«

»Der Baumarkt ist videoüberwacht. Wir haben ihn identifiziert.«

»Mein Junge macht sowas nicht.«

Perrini nestelt an seinem I-Phone und schiebt es mir rüber. Ein Video startet auf dem Display.

»Sehen Sie selbst, Cindy. Der Typ da drauf mit der Pumpgun, das ist Ihr Sohn.«

Gestochen scharf, das Teil. Könnte Parker sein.

»Hm. Der Typ da sieht meinem Sohn vielleicht ein bisschen ähnlich. Mehr nicht.«

»Sehen Sie genau hin.«

»Das ist er nicht.«

Das kannst du dir sonst wo hinstecken. Ich hau meinen Jungen nicht in die Pfanne. Niemals.

»Wir haben sein Gesicht mit Bildern, die wir im Computer haben, abgeglichen.«

Wieso habt ihr Mistkerle eigentlich was von Parker im Computer?

»Wir sind uns sicher, dass er es ist.«

»Ne, ist er nicht.«

»Sie können ihm wirklich helfen, wenn Sie ihn davon überzeugen, aufzugeben und die Geiseln freizulassen.«

Ich euch helfen? Vergiss es. Ihr müsst eure Probleme schon selber lösen. Und Parker macht sein Ding. Hat er immer getan. Was für Geiseln?

»Ich sag's noch mal. Das ist er nicht. Parker macht sowas nicht. Vielleicht ist er in der Zwischenzeit längst nach Hause gekommen.«

»Ist er nicht, Cindy. Vor Ihrem Haus steht ein Wagen mit Kollegen und passt auf. Niemand ist in der Zwischenzeit gekommen.«

Ah, ihr seid euch doch nicht so sicher, ob er es ist. Wusste ich's doch. Schon halb zwei. Mein Magen knurrt.

»Habt ihr hier nicht was zu essen? Um diese Zeit krieg ich immer Hunger. Ne Tüte Chips wäre okay.«

Der Spaghetti sieht mich an, als ob ich vom Mars komme. »Chips? Nachts um halb zwei?«

»Chips gehen immer.«

»Ich weiß nicht, ob wir hier sowas haben.«

»Sie schaffen das schon. Ohne Chips brauchen wir hier gar nicht mehr weiter zu quatschen.«

Perrini steht auf, schiebt das Smartphone in seine ausgebeulte Hosentasche und verlässt den Raum.

War das echt Parker in dem Video? Sah ihm schon verdammt ähnlich, der Typ. Das kann doch nicht sein, dass der Junge so einen Mist macht. Hab ich ihm nicht beigebracht, sich niemals erwischen zu lassen? Das war immer das Motto in unserer Familie. Egal, was du anstellst, lass dich nicht von den Cops schnappen.

Wo ist eigentlich die Fliege? Nirgendwo zu sehen. Ist sie der Spinne ins Netz gelaufen? Oder hat sie sich versteckt? Ah, da krabbelt sie unter dem Tisch auf meinen Fuß zu. Spaziert in aller Gemütsruhe über meinen rechten Sneaker. Jetzt die Wade hoch. Die Uhr tickt. Wo bleibt der Spaghetti? Ich hab einen verfluchten Hunger. Kann doch nicht sein, dass es in diesem Scheiß-Polizeiladen nichts zu beißen gibt. Jetzt kriecht das Vieh über meinen nackten Arm. Ihr beobachtet mich doch bestimmt mit irgendeiner versteckten Kamera. Seht ihr? Ich tu der Fliege nichts. Ich könnte sie totschlagen. Mach ich aber nicht. Wir Kazinskys bringen niemanden um. Keine Fliege, keinen Menschen. Seht ihr Bullen das?

Die Tür fliegt wieder auf, Perrini segelt mit einer Tüte Lays herein.

»Hier, Cindy.«

»Wurde aber auch Zeit, Detective.«

Die Tüte aufreißen, Hand rein und einen Haufen Chips in den Mund stecken, ist eine Sache von drei Sekunden. Die salzige Schärfe ist genau richtig.

»Extra hot and spicy, yeah, ist gut.«

»Schön. Dann weiter.«

Jetzt kommt's.

»Cindy, Sie müssen Ihren Sohn überreden, dass er aufgeben soll.«

»Wie das?«

»Wir bringen Sie hin und Sie sprechen mit ihm. Sie sagen ihm, er soll den Wahnsinn beenden.«

»Sie meinen, wenn er da drin ist.«

»Mrs. Kazinsky, das da ist *Ihr* Sohn in Hyman's Hardware. Das wissen Sie genauso gut wie wir.«

Macht es Sinn, sich weiter dumm zu stellen? Sonst immer ne gute Taktik bei den Cops. Aber wenn Parker tatsächlich einen von ihnen auf dem Gewissen hat, was dann?

»Kommen Sie jetzt mit und überzeugen Sie ihn aufzugeben, bevor noch mehr passiert.«

Wenn er einen Cop gekillt hat, dann lauern die doch nur darauf, meinen Jungen abzuknallen.

»Bisher hat er all unsere Versuche, ihn zum Aufgeben zu bringen, ignoriert. Sie müssen ihn umstimmen, sonst wird es kein gutes Ende für ihn nehmen. Und Sie wollen sich doch nicht hinterher vorwerfen, dass Sie nicht alles getan haben, ihn zu retten?«

Ich hab's ja gewusst. Erpresser.

»Okay, Detektive. Gehen wir.«

Ich stecke mir noch ne Handvoll Chips in den Mund und schiebe den Holzstuhl weg. Mein Hintern ist fast festgebacken darauf. Die Tüte mit den restlichen Lays nehme ich mit. Man weiß ja nie.

»Muss erst noch zur Toilette.«

Perrini öffnet mir die Tür.

»Klar doch, Cindy. Da vorn. Danach fahren wir direkt los.«

Auf dem Weg zu den Waschräumen stehen etliche Cops Spalier. Glauben die, dass ich mich vom Acker mache? Meinen Parker im Stich lasse? Oder haben die nichts Besseres zu tun? In drei Minuten bin ich fertig und wir marschieren zu dem schwarzen Kleinbus mit abgedunkelten Scheiben, der vor dem Office mit geöffneten Türen und laufendem Motor parkt. Außer dem glatzköpfigen Fahrer hocken noch zwei Cops drin. Perrini springt nach mir auf den Sitz und winkt dem Typen am Lenkrad zu.

»Okay, fahr los, Mick. Wir haben keine Zeit zu verlieren.«

Glatze Mick schiebt den Automatikhebel in die Drive-Position und gibt so viel Gas wie unsere Jungs beim Overton's 400-Rennen in Joliet. Wir brausen nach Süden über die South Michigan Avenue, dann in die Pershing Road runter und auf den Interstate-Highway 90 nach Süden. Nach knappen fünfzehn Minuten dreht Glatze Mick ne 180-Grad-Kehre, dass mir die Chips vom Magen zurück an den Gaumen rutschen.

Verdammt, bin ich ne Kuh, die den Scheiß nochmal kauen muss? Wenn der so weiterfährt, kommt keiner von uns lebendig bei Hyman's Hardware an.

Die Glatze dreht ne flotte Links-rechts-Kombi in die South Chicago und die South Colfax Avenue und eine stramme 90-Grad-Biege rechts in die East 87. Street. Wir hängen in unseren Sitzen wie Äffchen in der Schaukel. Noch hundertfünfzig Yards bis zum Laden. Rechts auf der großen Parkfläche steht eine

Armada von Polizeikutschen, alle in blauroter Fest-
beleuchtung und mit Scheinwerfern auf Hyman's
Eingang gerichtet. Ein paar Krankenwagen bilden
die zweite Reihe. Verdammt, das sieht nicht gut für
meinen Jungen aus.

Mick parkt unseren Minibus in der ersten Reihe
gegenüber Hyman's Eingangstür. Perrini schwingt
seine Gräten raus und quatscht mit einem quadrati-
schen Kleiderschrank, der hier wohl das Kommando
der Einsatztruppe hat. Sie gestikulieren hin und her.
Noch zwei andere Cops stellen sich dazu und fuch-
teln auch herum. Was soll das? Müssen die nen Plan
machen? Perrini winkt zum Wagen. Meint der mich?

»Kommen Sie, Cindy.«

Ah, Kaffeekränzchen beendet.

»Wir werden Ihren Sohn jetzt per Megaphon in-
formieren, dass Sie hier sind und mit ihm sprechen
wollen.«

Megaphon? Spaghetti, wir befinden uns im 21.
Jahrhundert, falls du es noch nicht bemerkt hast.

»Ich hab mein Smartphone dabei.«

»Kein Zweifel. Wir alle. Aber Ihr Sohn hat seins
leider ausgestellt. Schätze, damit wir ihn nicht orten
können.«

Bist ein cleveres Bürschchen, Parker. *Mein* Junge
eben.

»Okay, Detective, her mit der Tröte.«

Spaghetti hält mir das Blech-Ding hin.

»Hier. In das Mikro sprechen. Sagen Sie ihm, dass
er sich ergeben soll. Dass er rauskommen soll, mit

erhobenen Händen und ohne Waffen. Dann geschieht ihm nichts. Sagen Sie ihm das. Klar?«

Glasklar. Bin doch nicht blöd. Ich richte das Teil auf den Eingang.

»Hi Parker. Hier spricht deine Mom. Falls du da drin bist, hör mir mal zu.«

Ich gucke Perrini fragend an, der nickt mir zu und hebt den Daumen.

»Parker, mach keinen Scheiß. Komm raus und ergib dich.«

Perrini knufft mich in die Seite.

»Er soll erst die Geiseln rausschicken. Alle. Dann passiert nichts.«

»Parker, schick erst die Leute raus. Dann kommst du. Und schmeiß die Knarre weg.«

Drüben bewegt sich nichts. Fenster, Türen, alles verrammelt. Noch nicht mal ne Funzel zu sehen.

»Sag ich doch, Detective. Parker ist nicht drin.«

»Und ob er das ist. Der Kerl stellt sich taub. Das wird ihm nicht bekommen.«

Spaghetti latscht zu dem Kleiderschrank und die beiden labern wieder ne Runde. Die Schwarzenegger-Kopie palavert in sein Funkgerät und sie beobachten den Hardware-Laden, genau wie die Cop-Armada in zweiter Reihe, die ihre Gewehre angelegt hat. Als ob da drüben gleich ne Armee Russen rausmarschiert. Was soll der Spuk?

Ein paar Cops machen sich auf dem Dach zu schaffen. Müssen von hinten da hochgeklettert sein. Mein Magen rebelliert. Ich leg noch Chips nach, bis die Tüte leer ist. Ist ja fast wie in der Glotze, nur, dass das hier unser Hyman's ist. Und mein Parker da drin ist. Sagt mir mein Magen. Die Typen auf dem Dach sind plötzlich verschwunden. Wohin? Scheiße, jetzt wird es eng für meinen Jungen.

Drüben knallt es. Einmal, zweimal, dreimal. Dann Stille. Schwarzenegger redet mit einem am Funk. Dann hebt er den Daumen zu Perrini.

Mir wird schlecht. Und dann schwindelig.

Nach zehn Sekunden fliegt die Tür auf, ein Cop leitet die Leute, die im Baumarkt waren, raus. Sanitäter und Hilfskräfte der Krankenwagen nehmen die Menschen in Empfang. Wo ist mein Junge?

»Ist Parker da drin?« Ich zupfe Spaghetti am Ärmel. »Sagen Sie schon, ist mein Junge da drin?«

» Tut uns leid, Cindy. Er hat sich nicht ergeben.«

»Was sagen Sie da?«

»Er hat all unsere Aufforderungen ignoriert.«

»Ihr habt ihn erschossen?«

»Er hat nicht aufgegeben.«

»Einfach abgeknallt?«

»Er hat auch nicht auf *Sie* gehört, Cindy.«

»Ihr seid Mörder.«

»Cindy, Ihr Sohn hat einen Menschen umgebracht und viele andere als Geiseln genommen.«

»Ihr wolltet ihn von Anfang an killen, ist nicht das erste Mal, dass ihr einen Unschuldigen abknallt. «

»Ihr Sohn ist ein Verbrecher.«

»Verdammte Killer-Cops, ich glaub euch kein Wort. Mein Parker ist ein guter Junge.«

100

Das Haus in der Fußgängerzone

Der Tote lag mit grotesk verrenkten Gliedern am Fuße der Kellertreppe. An der niedrigen Decke hing eine Uralt-Funzel, die ein schummriges gelbes Licht auf seine schlanke Gestalt warf. Vorsichtig tappte Kathrin die kurzen, dafür aber steilen Stufen hinunter und hielt sich krampfhaft an dem hölzernen Handlauf fest. »Pass bloß auf, das ist mordsgefährlich hier!«

Ihr Assistent Ralf musste seine Füße seitlich auf die Stufen aufsetzen, um nicht in die Tiefe zu stürzen. »Das ist bestimmt nicht der erste, der sich hier den Hals gebrochen hat!«

Kathrin beugte sich über den Mann und leuchtete mit einer Taschenlampe in sein Gesicht. Den vierzigsten Geburtstag würde er nicht mehr feiern. Sein friedlicher Gesichtsausdruck passte so gar nicht zu der Position, in der er vor ihren Füßen lag. »Abwarten, Ralle. Lassen wir den Doc entscheiden, wie er zu Tode gekommen ist.«

»Hundert Euro, dass der hier den Abflug gemacht und sich das Genick gebrochen hat. Hältst du mit?«

Vorsichtshalber blieb Kathrin in der Hocke und ließ den Lichtstrahl von unten langsam über die ausgetretenen Holzstufen nach oben wandern. »Hm, mal sehen. Unfall oder Mord?«

Ralf leuchtete mit seiner Lampe einmal rundum. »Unfall. Nirgendwo Kampfspuren.«

»Na gut. Dann sag ich Mord. Aber nicht hier an der Treppe.« Sie hielt ihm die Hand hin, Ralf grinste und schlug ein. »Der Hunni ist schon so gut wie meiner. Komm hoch.« Es kostete ihn einige Kraft, sie hochzuziehen.

»Danke, Ralle. Wer hat den Toten gefunden?«

»Ein Opa aus der ersten Etage. Der Tote ist übrigens der Eigentümer des Hauses.«

Langsam stieg Kathrin die Stufen wieder hinauf. Mit jedem Schritt besserte sich der muffige Geruch, denn die alte Haustür stand offen und ließ die frische, leicht rauchige Novemberluft hinein. Liebevoll fuhr Kathrin über die kunstvoll verzierte Tür des Hauses, das laut der Jahreszahl über der Tür fast einhundertzwanzig Jahre alt war. Sie trat auf die Straße und musterte die alte, reichhaltig mit Stuck geschmückte Fassade, die sich nach oben hin verjüngte. Es war ein schmales Haus, das sich elegant in die aus der Gründerzeit stammenden Häuserzeile der kurzen Sackgasse schmiegte und bis unter den Giebel vier Etagen maß. War dies der erste Mord, den du gesehen hast? Bestimmt hütest du viele Geheimnisse, aber dieses wirst du mir preisgeben.

»Bei dem Toten handelt es sich um Maximilian von Lehndorff. Zweiunddreißig Jahre alt. Jüngster Spross der Familie von Lehndorff. Die besitzen eine Menge Häuser hier in der Stadt, alles beste Wohnlage.« Ralf stand neben ihr und tippte auf sein Tablet. »Schätze, das reiche Bürschchen wollte mal nach dem Rechten sehen und zack! vielleicht zu viel Koks

102

oder sonst was konsumiert und dann abgestürzt. Im wahrsten Sinne des Wortes.« Er grinste.

»Du hast den Fall also schon gelöst«, sagte Kathrin und rümpfte die Nase. Zwar war Ralle keiner von den jungen Kollegen, aber er hatte doch deren unangenehme Angewohnheit übernommen, jeden Fall mit dem Tablet und mit Hilfe des Internets lösen zu wollen. Sie zog da mehr die gute, alte Ermittlungsmethode vor. Mit den Leuten sprechen, zu ihnen in die Wohnungen gehen, in ihre Welt eintauchen und in deren Haut schlüpfen.

»Willst du den Opa sprechen?« Ihr missfälliger Blick war Ralf nicht entgangen.

»Ich will *alle* Bewohner fragen, ob sie etwas gesehen oder gehört haben. Wir fangen oben unter dem Dach an und arbeiten uns nach unten vor.«

»Wie du meinst.«

Langsam stiefelten sie die Holztreppe zur Hochparterre hinauf. Bei jedem Schritt knarrte und knarzte es unter ihren Füßen. Dass es so etwas noch gibt, dachte Kathrin. Ein Haus, das lebt und atmet. Bereits in der ersten Etage war sie außer Atem. Sie musste abnehmen. Dringend. Wie oft hatte sie sich das vorgenommen und doch nicht umgesetzt. Oder das x-te Mal mit einer brandneuen Diät angefangen und wieder abgebrochen. Zu viel Arbeit, zu viele Verbrechen, zu viel Frust. Erst brauchte sie Schokolade, um den Tag zu überstehen. Dann die Nudeln am Abend, die immer noch die beste Medizin waren, und um Entspannung zu finden, gerne ein Glas Rotwein dazu. Wenn sie ehrlich zu sich war, eher zwei. Und so ächzte sie hier hoch, das war eben die Quittung. Egal, man lebte nur einmal. Jetzt war es ihre Aufgabe, denjenigen zu finden, der dafür verantwortlich war, dass der Mann, der da unten im Keller lag, sich keinen Nudelbauch mehr anfuttern konnte.

»Lass uns doch lieber zuerst mit dem Mann sprechen, der den Toten gefunden hat.« So konnte sie erst mal wieder zu Luft kommen.

Ralf warf ihr einen Seitenblick zu und drückte auf eine Türklingel. »Keuning heißt er.«

Nach einer halben Minute öffnete ein kleines schmales Männchen mit schütterem weißen Haupthaar die Tür. »Ich habe schon auf Sie gewartet.« Er deutete eine Verbeugung an, wies mit ausgestrecktem linken Arm in sein Wohnzimmer und schloss leise die Tür hinter ihnen, nicht ohne sich zu vergewissern, dass draußen keine weiteren Eindringlinge warteten. In dem mit schweren Eichenmöbeln ausgestatteten Wohnzimmer nahmen Kathrin und ihr Assistent auf einem dunkelbraunen abgewetzten Ledersofa Platz, während er in dem Chesterfield Ohrensessel fast versank.

Sie lächelte ihn an und senkte ihre Stimmlage. Das machte sie immer, um ihr Gegenüber zu beruhigen. »So, dann erzählen Sie mal, Herr Keuning.«

Der Alte streckte den Rücken durch und nestelte an seinem fein gepunkteten Halstuch. »Heute Morgen wollte ich in den Keller gehen und sah Herrn von Lehndorff am Fuße der Treppe liegen.«

104

Kathrin ließ ihren Blick über die Regalwand gleiten, die bis zur Decke mit Büchern vollgestopft war. »Wunderbar, so eine große Bibliothek. Sie haben dann die Polizei benachrichtigt?«

Keuning nickte. Immer noch in Habacht-Stellung fixierte er sie angestrengt. Wahrscheinlich war er von Natur aus misstrauisch.

»Sie haben nicht zuerst den Notarzt benachrichtigt. Wie haben Sie festgestellt, dass er tot ist?«

»Ich bin Arzt. Da weiß man, wenn jemand tot ist.«

»Haben Sie Ihr Stethoskop geholt?«

Keuning verzog den Mund. »Er hatte keinen Puls mehr.«

»Was wollte Ihr Vermieter denn heute so früh hier im Haus?«

»Das kann ich Ihnen nicht sagen.«

Kathrin sah den alten Mann lange an, ohne eine weitere Frage zu stellen. Fast schien er mit dem Sessel zu verschmelzen, so unscheinbar wirkte er auf sie. Neben ihr rutschte Ralf auf dem Sofa hin und her. Geduld war noch nie seine Stärke gewesen. Kathrin erhob sich und nickte dem Alten zu. »Behalten Sie Platz. Wir finden schon hinaus. Guten Tag.«

Trotzdem folgte er ihnen auf dem Weg zur Tür und schloss zweimal um, als sie vor der gegenüberliegenden Wohnungstür standen.

»Misstrauisch«, brummte Ralf leise neben ihr und überprüfte den Namen auf dem Klingelschild.

»Und kein Wort mehr als nötig.«

»Berufsbedingt?«

»Er hat uns nicht alles gesagt. Schweigepflicht.« Sie kniff ein Auge zu.

Ralf drückte auf den Klingelknopf. »Jede Wette, dass er uns durch den Spion beobachtet.«

»Sicher.«

»Keiner zu Hause?« Als Ralf ein zweites Mal klingeln wollte, schloss jemand von innen zweimal auf und öffnete die Tür einen Spalt. Eine alte Dame mit schlohweißem Haar, das sie zu einem Knoten im Nacken gebunden hatte, blinzelte sie hinter der Sicherheitskette an. »Sie wünschen?«

»Frau Meerfeld, wir sind von der Kriminalpolizei.« Kathrin zog ihren Ausweis aus der Hosentasche. »Mein Name ist Kolbe, und das ist Kommissar Solinski. Wir haben ein paar Fragen an Sie.«

Die alte Dame hielt ihre Lesebrille, die sie zuvor auf dem Haar getragen hatte, vor ihre Augen und inspizierte sorgfältig beide Ausweise. »Dann darf ich bitten, meine Herrschaften«, sagte sie und gab den Weg in ihre Wohnung frei.

Kathrin und Ralf warteten, bis sie in das Wohnzimmer vorging. Offensichtlich waren die Wohnungen spiegelbildlich geschnitten. Interessiert sah sich Kathrin um. Staubwischen war hier eine Strafarbeit, so viel Nippes stand überall herum. Jedes Deckchen mit Spitze verziert, Teppiche übereinandergelegt, unzählige Porzellanfigürchen und alte Puppen, in vielen Jahren gesammelt, jeder Freund des gehobenen Trödels hätte hier seine helle Freude gehabt. So ein Gedöns war nichts für sie, zu Hause liebte Kathrin es eher spartanisch. Die alte Dame, die sicherlich schon weit in den Achtzigern war, strich die gehäkelte Decke auf dem Esstisch glatt und wies auf die Stühle davor.

»Bitte sehr, meine Herrschaften. Darf ich Ihnen ein Gläschen Sherry anbieten?«

Ralf zog die Augenbrauen hoch, und Kathrin schüttelte lächelnd den Kopf. »Sehr nett von Ihnen. Aber danke, nein.«

»Vielleicht ein Tässchen Tee?«

»Nehmen wir gern.«

Während Frau Meerfeld in der Küche mit Plätzchen, Teetassen und Kanne hantierte, warf Kathrin einen langen Blick auf den Brief, der auf dem Sideboard im Esszimmer lag.

»Aber nehmen Sie doch Platz.« Die alte Dame schenkte den Tee ein. »Ein Tässchen Earl Grey ist immer gut, sage ich. Milch? Zucker?«

Kathrin schüttelte den Kopf. »Vielen Dank. Wann haben Sie Herrn von Lehndorff zuletzt gesehen?«

Frau Meerfeld nahm einen Schluck Tee, ließ dann ein Stück Zucker hineingleiten, rührte sorgfältig in kleinen Kreisen um und nahm erneut einen kleinen Schluck. »Gestern.«

Kathrin musterte ihr Gesicht, doch es verriet keine Regung. Für diese Antwort hatte sie viel Überlegung gebraucht. Warum? Die alte Dame machte keinen tütteligen Eindruck auf sie.

»Ihr Vermieter wurde im Keller tot aufgefunden.«

»Oh.«

»Was wollte er denn gestern hier bei Ihnen?«

»Wir haben uns bei einer Tasse Earl Grey und Plätzchen unterhalten. Möchten Sie auch Plätzchen? Ich habe sie selbst gebacken. Mit viel guter Butter.« Sie reichte Kathrin den Teller mit köstlich duftenden Plätzchen. Ehe sie sich's versah, hatte sie eines in den Mund gesteckt. Es schmeckte ausgezeichnet. Keine Frage, die alte Dame konnte backen.

»Worum ging es?«

Wieder erst ein Schluck Tee. »Ach, er möchte wohl nächstes Jahr renovieren.«

Ralf zog die Stirn in Falten. »Renovieren? Meinen Sie nicht eher sanieren?«

»Meinetwegen auch sanieren. Unser Haus soll jedenfalls schöner werden.«

»Wird die Wohnung dann nicht teurer?«

»Das kann ich Ihnen nicht sagen, junger Mann.«

»Oder müssen Sie sogar ausziehen?«

Sie spitzte den Mund und zuckte die Schultern. »Im Leben weiß man nie, was kommen wird.«

Kathrin sah in ihre kleinen, wachen Augen. »Frau Meerfeld, was haben Sie früher beruflich gemacht?«

»Ich war Lehrerin am Gymnasium.«

»Welche Fächer?«

»Biologie und Chemie.«

»Und wie lange wohnen Sie schon hier?«

Sie lächelte. »Nächstes Jahr sind es sechzig Jahre.«

»Das ist eine lange Zeit.« Kathrin nickte Ralf zu und stand auf. »Da möchte man auch nicht mehr umziehen. Und ihre Wohnung ist so gemütlich.«

Für ihr Alter erhob sich Frau Meerfeld erstaunlich schnell und geschmeidig. »Und die Lage hier ist einfach perfekt. Ich kann viele Besorgungen zu Fuß erledigen und die öffentlichen Verkehrsmittel sind auch bequem erreichbar.«

»Wir wünschen Ihnen noch einen schönen Tag«, sagte Kathrin und gab ihr die Hand zum Abschied.

Im Treppenhaus marschierte Kathrin ohne einen Kommentar die Treppe zum nächsten Absatz zwischen den Etagen hoch. Dort blickte sie aus dem Fenster hinunter zur Straße, wo von Lehndorff soeben zur Gerichtsmedizin abtransportiert wurde. Einige Schaulustige standen Spalier und machten mit ihren Smartphones Fotos oder Videos. Kathrin brummte und verzog den Mund. Eine Unsitte heutzutage. Spätestens in einer halben Stunde konnte man alles im Netz sehen. Nichts blieb mehr verborgen. Was anfangs wie ein Segen der Transparenz und Aufklärung schien, empfand sie mehr und mehr als Fluch. Wo war die gute alte Zeit geblieben? Verdammt, dass sie so dachte, war ein klares Indiz dafür, dass sie alt geworden war.

Ralf trat neben sie. »Was denkst du?«

»Die alte Dame wirkte nicht überrascht.«

»Und seeeehr kontrolliert bei ihren Antworten.«

»Ich glaube, sie wusste Bescheid.«

»Meinst du, sie hat was damit zu tun?«

Kathrin zuckte die Schultern. »Weiß noch nicht. Hast du das Schreiben vom Eigentümer gelesen?«

Ralf schüttelte den Kopf.

109

»Das war eine Kündigung.«

»Puh, nach fast sechzig Jahren. Das ist hart.«

»Kannst du wohl sagen.« Kathrin erklomm die nächste Treppe. »Mal sehen, was die anderen uns noch erzählen.«

Sie klingelte an der linken Wohnungstür, die kurz darauf geöffnet wurde. »Frau Birkner?«

Die junge Frau nickte. »Sie sind von der Polizei?«

Ralf und Kathrin hielten ihr die Ausweise synchron unter die Nase. »Wir haben ein paar Fragen.«

Die schlanke Dunkelhaarige führte sie ins Wohnzimmer. »Es ist bestimmt wegen Herrn Lehndorff.«

»Richtig. Sie wissen bereits, dass er tot ist?«

»Dr. Keuning hat es mir heute Morgen gesagt. Ich wollte gerade zur Mülltonne, da traf ich ihn. Er hatte Lehndorff im Keller gefunden.«

»Wann haben Sie Ihren Vermieter das letzte Mal gesehen?«

»Heute Morgen. Ich habe ihn vom Erdgeschoss aus dort unten liegen gesehen.«

»Ich meine lebend«, korrigierte Kathrin.

»Ach so. Das war, hm, gestern.«

Frau Birkner saß mit durchgedrücktem Rücken auf dem Sofa, als ob sie einen Stock verschluckt hatte, die Hände gefaltet, das Gesicht unbewegt.

»Worüber haben Sie mit ihm gesprochen?«

»Verschiedenes.«

»Geht es ein bisschen genauer?« Kathrin wechselten mit Ralf einen Blick. Zeit für einen Versuchsballon. »Ging es um die Kündigung?«

Frau Birkner schluckte und verschränkte die Arme vor der Brust. »Auch.«

»Und?«

»Was meinen Sie?«

»Wann müssen Sie raus?«

»Ich ziehe nicht aus. Das habe ich dem Lehndorff auch klar gesagt.«

»Wie hat er reagiert? Hat er mit einer Zwangsräumung gedroht?«

Der kleine Hustenanfall kam im rechten Moment und verschaffte Frau Birkner etwas Zeit. Kathrin kannte all diese Tricks. So viele Menschen hatte sie schon befragt, da konnte ihr keiner mehr etwas vormachen. Nachdem sie sich mühsam beruhigt hatte, schüttelte ihr Gegenüber schmallippig den Kopf.

»Was machen Sie eigentlich beruflich?«

Prompt fand Frau Birkner die Sprache wieder. »Ich arbeite in der Apotheke da vorne.« Mit der Linken wies sie vage Richtung Fenster.

»Praktisch, so nah am Arbeitsplatz zu wohnen.«

»Ein absoluter Glücksfall. Ich habe nämlich keinen Führerschein.«

Kathrin nickte. »Verstehe. Sind Sie Apothekerin?«

»PTA.«

»Ah so. Danke, das wäre es erst einmal. Vielleicht melden wir uns noch einmal bei Ihnen.«

Sie verließen die Wohnung. Ralf zog die Stirn in Falten. »Wieso fragst du eigentlich immer nach den Berufen? Selbst bei den beiden Alten da unten? Die sind doch längst in Rente.«

111

»So kann ich mir ein besseres Bild von den Menschen machen.«

»Hm.«

»Bei einer Mordermittlung ist es nicht ganz unwichtig zu wissen, welchen Beruf jemand ausübt.«

»Grundsätzlich klar. Aber erstens sind die beiden Alten da unten schon seit Ewigkeiten in Rente und zweitens wissen wir doch noch nicht einmal, ob es Mord war.«

»Es war einer, du wirst schon sehen. Komm weiter.« Sie klingelte an der Tür gegenüber.

Ein kräftig gebauter, fast ein Meter neunzig großer Mann von Anfang dreißig öffnete die Tür.

»Hallo.«

Wieder sagten sie ihr Sprüchlein auf und betraten die Wohnung. Kathrin liebte es, die Menschen in ihrer Behausung zu erleben. Nirgendwo verrieten die Leute mehr als dort, wo sie sich sicher fühlten und dadurch im Vorteil wähnten. Mit federndem Schritt ging der Mann, der laut selbstgemaltem Klingelschild Radelkovic hieß, voran in den Wohnraum, der äußerst spartanisch möbliert war. An der Wand, vor der die lange schwarze Couch stand, war als einziger Schmuck eine japanische Fahne aufgehängt. Drei flache rote runde Sitzkissen gegenüber der Couch und ein niedriger Tisch komplettierten die Ausstattung. Kein Schrank, kein Sessel, keine Pflanze. Nirgendwo lag irgendetwas herum, weder ein Blatt Papier, noch eine Zeitung oder ein Buch. Auch kein Kündigungsschreiben.

112

Radelkovic deutete auf die Couch. »Nehmen Sie dort Platz, das ist für Sie angenehmer.« Er selbst setzte sich mit gekreuzten Beinen auf ein Sitzkissen und legte die Hände auf die Knie. »Was kann ich für Sie tun?«

Du bist perfekt vorbereitet auf uns, dachte Kathrin. Du hast alles im Griff. Du fängst das Gespräch an, willst kontrollieren, wohin die Reise geht. Dann wollen wir mal sehen.

»Ihr Vermieter hat Sie gestern besucht.« Eine Feststellung, keine Frage. Kathrin beobachtete ihn scharf.

Er nickte. »Korrekt. Wir hatten am Nachmittag einen Termin.«

»Worum ging es bei dem Gespräch?«

»Zukunftsplanung.«

»Sie meinen die Kündigung?«

»Ich habe ihm klargemacht, dass ich nicht ausziehen werde.«

»*Wie* haben Sie ihm das klargemacht?«

Er antwortete nicht und sah durch sie hindurch, etwas, das Kathrin hasste. Also gut, dann eben ein Überraschungsangriff mit dem Florett.

»Hat er Ihre Wohnung lebend verlassen?«

Kein Wimpernzucken, kein Händekneten, kein Hin- und Herrutschen. Der Mann hatte sich perfekt unter Kontrolle. »Selbstverständlich.«

»Haben Sie gesehen, dass er das Haus verließ?«

Für einen winzigen Moment zögerte Radelkovic. Überlegte er, was er jetzt sagen sollte? Welche Antwort die unverfänglichste war?

»Nein.«

»Haben Sie etwas gesehen oder gehört, nachdem ihr Vermieter gegangen war?«

Wieder Zögern. »Ich habe danach meditiert.«

Kathrin starrte ihn an. Es war totenstill. Die Luft knisterte vor Spannung. Wie bei einem Schachspiel, bei dem sich die Gegner belauerten. Sie stellte ihm eine Falle, aber er wich aus. Und jetzt? Wer kontrollierte hier eigentlich wen?

»Was machen Sie denn beruflich?« Ralfs Stimme schnitt durch die Stille und riss sie aus ihrer Vision.

»Ich bin Lehrer.«

»Für?«

»Yoga und japanische Kampfkunst.«

Aha, Ralf hatte es ihr gleichtun wollen. Immer schön nach dem Beruf fragen. Bravo, Ralle.

Jetzt legte er noch einen drauf: »Sie erkundigen sich gar nicht, was mit ihrem Vermieter passiert ist?«

Radelkovic sah ihn fast mitleidig an. »Wollen Sie meine Intelligenz beleidigen?«

Kathrin stand auf. »Danke für Ihre Zeit. Wir melden uns später noch mal bei Ihnen.«

Während sie die Wohnung verließen, blieb Radelkovic ungerührt auf seinem Kissen sitzen.

»Was ein ätzender Typ. Der meint doch glatt, besonders schlau zu sein. Dem könnte ich glatt ...« Ralf schlug mit der rechten Faust in die linke Hand und seine Augen blitzten.

Kathrin grinste. »Nur die Ruhe, Brauner.«

Ralf schnaubte. »Man sieht sich immer zweimal.«

»Der wollte dich provozieren. Hat er ja fast auch geschafft. Hast du nicht gemerkt, wie elegant er unsere Fragen *nicht* beantwortet hat?«

»Hm. Der Kerl kennt sich mit Kampfsport aus. Unter Garantie weiß er dann auch, wie man einen Menschen umbringt.«

»Da wirst du recht haben. Gehst du jetzt also auch von Mord aus?«

»Ach, ich wollte es nur mal von deiner Seite aus sehen.« Er knuffte sie in die Seite.

»Du hältst ihn für verdächtig?«

»Auf jeden Fall.« Er grinste. »Falls es kein Unfall war.«

»Fällt dir eigentlich etwas auf?«

»Was meinst du?«

»Bisher sind alle zu Hause.«

»Das ist doch nichts Ungewöhnliches am Samstag.«

»Findest du? Keiner kauft ein oder ist weggefahren über das Wochenende oder so.«

»Umso besser für uns. Dann müssen wir nicht noch mal kommen.«

»Hm, wenn man es von dieser Seite aus sieht«, brummte Kathrin, »ist es natürlich praktisch.«

Typisch Ralle. Hauptsache bequem. Wenn ausnahmsweise die Arbeit nicht am PC wartete, selbstverständlich mit voller Verpflegung daneben, dann doch bitte alles in einem Rutsch erledigen, wenn man schon an die Front musste.

Sie stupste ihn an. »Weiter geht's!«

Sie stapften nach oben in die dritte Etage. Nach zweimaligem Klingeln öffnete eine stattliche Dame im großgeblümten seidenen Morgenmantel. Ihre Lockenpracht wurde von einem Haartuch gebändigt. Sie rieb sich verschlafen die Augen.

»Ja?« Mit einem Augenaufschlag in Zeitlupe zupfte sie ihren Morgenmantel zurecht. »Sie wünschen?«

Diese Dame hatte mehr Pfunde auf den Rippen als sie selbst, stellte Kathrin mit einer gewissen Genugtuung fest. »Frau Miramodo? Wir sind von der Kriminalpolizei. Können wir reinkommen, um Ihnen ein paar Fragen zu stellen?«

»Oh, was ist denn passiert?« Ihre goldenen Pantöffelchen, die definitiv zu klein und zart für ihre gesamte Erscheinung waren, traten einen Schritt zurück und gaben den Weg frei.

»Ihr Vermieter wurde im Keller tot aufgefunden.«

»Das ist ja terriblemente!« Mit großer Geste schlug sie theatralisch die Hände vor das Gesicht.

»Haben Sie das noch nicht gewusst?«

»Ich habe fest geschlafen. Sie müssen wissen, ich nehme immer zwei Schlaftabletten, wenn ich Vorstellung hatte, sonst komme ich nicht zur Ruhe. Aber dann schlafe ich wie ein bebé. Sie können neben mir im Bett jemanden erschießen und ich würde es nicht hören.« Sie lachte, als befände sie sich im Theater. »Oh, so habe ich das nicht gemeint – in meinem Bett ist niemand erschossen worden, da können Sie sich von überzeugen, meine Herrschaften.« Erstaunlich leichtfüßig tänzelte sie zum Schlafzimmer und riss mit großer Geste die Tür auf. »Bitte sehr – keine cadáver in meinem Bett!«

Kathrin musste sich zusammenreißen, um nicht laut aufzulachen, so perfekt glich Frau Miramodo einer Schauspieldiva aus einem dieser Hochglanzmagazine. »Haben Sie Herrn von Lehndorff gestern getroffen?«

»Oh, einen kurzen Moment war er hier, aber dann musste ich fort zum Theater. Sie müssen wissen, ich spiele dort die Carmen.«

»Worüber haben Sie mit ihm gesprochen?«

»Ach, ich hatte keine Zeit für ihn.«

»Aber er hat gestern mit allen Bewohnern dieses Hauses gesprochen.«

»So? Ich glaube, er will renovieren dieses Haus.«

»Haben Sie keine Kündigung bekommen?«

Frau Miramodo hob die Arme zur Zimmerdecke und wedelte heftig in der Luft, dass ihre goldenen Armreifen klimperten. »Ach, ich kümmere mich nicht so um Papiere. Das macht Julia für mich. Sie müssen wissen, ich bin eine Frau der música.«

»Wer ist Julia?«

»Sie wohnt gleich nebenan. Sie ist eine Frau der justitia. Ich überlasse alles ihr.«

»Wann sind Sie denn nach Hause gekommen?« Offensichtlich ging Ralf ihr Schauspiel gehörig auf den Senkel, denn er knurrte ihr die Frage wie ein Dobermann entgegen.

Mit einer unbestimmten Geste wischte sie seine Worte beiseite und schüttelte den Kopf. »Zeit. Was ist schon Zeit in der Kunst. Ich habe nicht auf die Uhr geschaut. Es war dunkel, das kann ich Ihnen sagen. Dann habe ich meine Tabletten genommen und geschlafen wie ein bebé.«

»Danke für Ihre Zeit, Frau Miramodo«, verabschiedete sich Kathrin.

»Kommen Sie in die ópera? In drei Tagen habe ich wieder Vorstellung.«

»Mal sehen, ob ich Zeit dazu finde«, sagte Kathrin im Hinausgehen. »Wie Sie ja wissen, haben wir den Tod Ihres Hauseigentümers aufzuklären.«

»Ach Kindchen, so hat jeder seine Passion. Ich wünsche Ihnen viel Glück.« Noch einmal klirrten die Armreifen, dann drückte die Operndiva die Tür hinter ihnen zu.

Ralf schüttelte den Kopf. »Was war *das* denn?«

»Eine perfekte Vorstellung, würde ich mal sagen«, sagte Kathrin und grinste.

»Keine Ahnung von nichts, nur Julia weiß Bescheid«, fasste er die Befragung zusammen.

»Dann hören wir mal, was die Dame der Justitia uns zu sagen hat.« Kathrin drückte auf den Klingelknopf gegenüber.

Innerhalb von zehn Sekunden ging die Tür auf, nachdem erst der Sicherheitsquerriegel und dann das Schloss jeweils zweimal entriegelt wurden. Mit kurz geschnittenem, pechschwarz gefärbtem Bubikopf stand eine schmale Person im Türrahmen, nur wenig jünger als sie selbst. Sie hob das Kinn leicht an und zog die Augenbrauen hoch. »Ja bitte?«

Bevor Kathrin ihr den Ausweis, den sie in der Hand hielt, präsentierte, musterte sie mit einem intensiven Blick die perfekt durchgestylte Erscheinung in dem piekfeinen Designer-Kostüm. Das drahtige Persönchen in spitzen Pumps mit atemberaubender Absatzhöhe, die Kathrin auch in jüngeren Jahren und mit weniger Kilos auf den Rippen niemals riskiert hätte, verströmte einen unaufdringlichen, aber eleganten Duft.

»Frau Thalheim, wir sind die Kommissare Kolbe und Solinski von der Kriminalpolizei. Können wir kurz reinkommen, um mit Ihnen über Ihren Vermieter zu sprechen?«

»Selbstverständlich. Ich habe Sie erwartet.« Nach einem flüchtigen, leicht arroganten Blick auf die Ausweise geleitete sie Kathrin und Ralf in ein Wohnzimmer, das genauso teuer möbliert wie sie gekleidet war. Offensichtlich hatte die Dame der Justitia keine Geldprobleme.

»Sie sind Rechtsanwältin«, eröffnete Kathrin das Gespräch, nachdem sie in einem knallroten Designersessel Platz genommen hatte. Auf dem Tisch standen eine Wasserkaraffe und mehrere Gläser für Gäste bereit. Bestens vorbereitet, Frau Anwältin.

»Korrekt.«

»Und in dieser Funktion beraten Sie auch Ihre Nachbarin, Frau Miramodo?«

»Korrekt.«

»Was haben Sie ihr geraten, gegen die Kündigung zu unternehmen?« Kathrin war sich mittlerweile sicher, dass alle im Haus ein solches Schreiben bekommen hatten.

Frau Thalheim spitzte den Mund, der die gleiche knallrote Farbe wie ihre Fingernägel hatte. »Nichts wird so heiß gegessen, wie es gekocht wird.«

»Aber Herr von Lehndorff hat bereits mit einer Räumungsklage gedroht. Sind Sie nicht auch davon betroffen?«

Frau Thalheim strich eine imaginäre Falte auf ihrem makellosen Rock glatt. »Korrekt.«

Offenbar war dies das Lieblingswort von Frau Rechtsanwältin. Kathrin ließ langsam ihren Blick durch das geschmackvoll und stilsicher eingerichtete Wohnzimmer wandern. Maßgeschneiderte Möbel aus teurem Holz kombiniert mit Lack- und Glaselementen. An einer Seite führte eine breite Treppe zu einer Galerie, die den offenen Raum unter dem Giebel des Hauses ausfüllte und mit beleuchteten Bücherregalen und mehreren Gemälden bestückt war. Kathrin erkannte einen Kandinsky und einen Miró. Ob die wohl echt waren? Auf jeden Fall war dies eine Wohnung, die man nicht so einfach freiwillig verließ. Und schon gar nicht, wenn ein Jüngelchen mit Kündigung drohte.

»Sie haben nichts unternommen? Das kann ich mir nicht vorstellen. Wie lange wohnen Sie schon in diesem Haus?«

Frau Korrekt hatte sie während ihres Rundumblickes beobachtet. »Etwas über zwanzig Jahre.«

»Wo haben Sie denn ihre Kanzlei?«

»Ein paar Gehminuten von hier.«

Kathrin nickte. »Will Ihr Vermieter hier Luxus-Eigentums-Wohnungen draus machen?«

»Möglich.«

»Und? Werden Sie eine kaufen?«

Kathrins Frage schien sie zu überraschen, denn Frau Korrekt verpasste ihren Einsatz und starrte sie an. Schließlich sagte sie: »Ich denke, nein.«

Die minimale Vibration in ihrer Stimme verriet Kathrin einen Hauch von Unsicherheit in dem sonst so perfekten Auftritt. »Wann haben Sie Herrn Lehndorff das letzte Mal gesehen?«

»Heute Morgen. Zufällig kam ich an die Haustür, als Herr Dr. Keuning ihn im Keller gefunden hatte. Er stellte seinen Tod fest und so riet ich ihm, die Polizei zu benachrichtigen.«

Das war absolut fehlerfrei einstudiert. Innerlich musste Kathrin grinsen. »Sie hatten gestern auch einen Besprechungstermin mit ihm?«

»Korrekt. Um 16 Uhr.«

»War er gestern bei allen Hausbewohnern?«

»Soweit ich weiß, ja.«

Kathrin nickte. »Danke für Ihre Zeit. Sollten wir später noch Fragen an Sie haben, werden wir uns bei Ihnen melden.«

»Selbstverständlich.«

Unten auf der Straße blickte Kathrin erneut die pittoreske Fassade hinauf. Ralf stand neben ihr und beobachtete sie stumm. Gott sei Dank fragte er nicht dauernd, was sie dachte. Mit den Jahren hatte er gelernt, abzuwarten, bis sie ihm von sich aus mitteilte, in welche Richtung ihre Überlegungen gingen. Vielleicht war das der Grund, warum sie recht gut miteinander auskamen und sich ergänzten. Trotz seiner Internet-Gläubigkeit.

Gegenüber an der Ecke, am Ende der kurzen Stichstraße der Fußgängerzone, die nur Anwohner befahren durften, lockte ein italienisches Restaurant. Der Duft von frisch gebackener Pizza stieg Kathrin in die Nase, plötzlich merkte sie, dass sie durch die Befragung hungrig geworden war.

»Sollen wir etwas essen?«

Auf Ralfs Gesicht machte sich ein Strahlen breit. »Aber immer doch. Habe von dem Gequatsche mächtig Hunger bekommen.«

Von dem Fenstertisch aus konnten sie das Haus und seinen Eingang unauffällig beobachten. In seinem italienisch-deutschen Kauderwelsch empfahl ihnen der Chef die frischen Kürbistortellini mit Walnusssauce und dazu einen Barolo.

Während sie auf die Nudeln warteten, tippte und wischte Ralf auf seinem Tablet herum. Er räusperte sich. »Also, der Keuning im Erdgeschoss ...«

»Hochparterre«, korrigierte Kathrin und nahm den ersten Schluck Barolo.

»Wen juckt's?«

»Den Doktor«, grinste Kathrin.

Ralf verdrehte die Augen. »Eine komische Gesellschaft. Machen alle dicht.«

»Korrekt.«

»Nicht schon wieder dieses Wort. Also, ich fasse mal zusammen. Opa Keuning in Hochparterre findet den Toten und ruft die Polizei. Oma Meerfeld von nebenan backt Plätzchen und weiß von nichts. Die Birkner in der ersten Etage ist PTA – was ist das?«

»Pharmazeutisch-technische Assistentin. Arbeitet in einer Apotheke, wie eine MTA im Labor.«

»Okay, die ist ein Mäuschen, scheint keiner Fliege was antun zu können. Daneben wohnt der Japan-Freak Radelkovic. Macht Kampfsport. Eindeutig verdächtig.«

Kathrin grinste. »Weil er weiß, wie man tötet?«

»Klar.«

»Das wissen andere auch.«

»Aber der wirkt schon brutal auf mich, wie Bruce Lee. Hast du seine Muckis gesehen?«

»Manchmal ist Köpfchen wichtiger als Kraft.«

»Egal, weiter im Text. Oben wohnen die Opertussi Miranova...«

»Miramodo.«

»Korrekt«, grinste Ralf. »Die Opernsängerin und die Anwältin Thalheim. Bei der hab ich auch so ein komisches Gefühl.«

»Wieso?«

»Aalglatt.«

»Korrekt.«

»Die könnte mit dem Lehndorff unter einer Decke stecken.«

»Inwiefern?«

»Bei deiner Frage nach der Eigentumswohnung war sie das einzige Mal unsicher und zögerlich. Ich glaube, da hat sie gelogen.«

»Möglich.«

Mit großer Geste servierte der italienische Chef die Tortellini: »Buon Appetito!«

Während sie die leckere Pasta genossen, kreisten Kathrins Gedanken um das Haus und seine Bewohner. Beim letzten Bissen klingelte ihr Smartphone. Der Blick auf das Display verriet ihr, dass Gerichtsmediziner Struck sie anrief.

»Hallo Jens! Dein Anruf kommt zur rechten Zeit. Was kannst du über unseren Toten sagen?«

Struck verlor nie ein überflüssiges Wort. »Tod zwischen 20 und 22 Uhr. Genickbruch.«

»Hinweise auf Fremdverschulden?« Unwillkürlich passte sich Kathrin seiner Ausdrucksweise an.

»Nicht auszuschließen. Aber es gibt auch Schürfwunden, die von einem Sturz die Treppe runter herrühren können.«

»Abwehrverletzungen?«

»Keine.«

»Seltsam.«

»Morgen mehr. Tschö.«

Ralf sah sie fragend an, doch sie zuckte die Schultern. »Alles ist möglich. Unfall oder Mord.«

Am Nachmittag und Abend ließ Kathrin während ihrer üblichen zwei Gläser Rotwein einen Film vor ihrem inneren Auge ablaufen, einen Film, in dem Maximilian von Lehndorff einen kurzen Auftritt in der Hauptrolle hatte, bevor er als Leiche im Keller des Hauses aus der Gründerzeit landete. Was war in dem alten Haus passiert? Schon in der Antike hatte man den Überbringer misslicher Nachrichten umgebracht. Kündigung und Räumungsklage waren fatale Botschaften, insbesondere, wenn die Adressaten schon lange in den Wohnungen lebten. Oder alt waren. Oder in Wurfdistanz zum Arbeitsplatz wohnten. Das Haus hatte auf sie einen anziehenden, ja fast gemütlichen Eindruck gemacht, Leiche hin oder her. Ein wunderbar altes Haus, in dessen Dielen und Wänden die Vergangenheit lebte, in dem sie gerne gewohnt hätte. Und das jetzt ein düsteres Geheimnis barg. Wen hatte die unheilvolle Nachricht dermaßen erbost, dass er oder sie zum Äußersten gegriffen hatte? Oder hatte am Ende doch ihr Kollege recht, und es war nur ein Unfall gewesen? Die Stufen der Kellertreppe waren halsbrecherisch, keine Frage. Nach dem zweiten Glas Spätburgunder fiel sie in einen unruhigen Schlaf und träumte von den Bewohnern des Hauses in der Fußgängerzone.

Am nächsten Morgen wachte sie mit einem leichten Kopfdruck hinter der Stirn auf. Über Nacht war die Temperatur gefallen und draußen bedeckte eine dünne Schicht Reif die Dächer und Gauben. Sie verließ das Haus, um einen klaren Kopf zu bekommen. Feuchter Nebel hing über den Wiesen im Stadtgarten und die Luft roch leicht rauchig. Kathrin liebte die Spaziergänge frühmorgens am Wochenende, wo kaum Menschen unterwegs waren und die Stadt wie ausgestorben dalag. Zwei Hundebesitzer mit ihren vierbeinigen Begleitern waren die einzigen Menschen, die sie von weitem sah. Normalerweise konnte sie auf diesen Spaziergängen immer gut nachdenken, doch heute drehte sie sich gedanklich im Kreise. Es führte kein Weg daran vorbei, sie brauchte mehr Informationen von Struck. Am Nachmittag rief dieser endlich nochmals an.

»Er hatte eine fette Überdosis Benzodiazepin intus, die für einen Elefanten gereicht hätte.«

»Hat ihn *das* umgebracht?«

»Ausgereicht hätte die Menge allemal. Im Magen haben wir Kaffee, Apfelsaft, Sherry, schwarzen Tee, Plätzchen und Apfelkuchen nachweisen können.«

»Und der Genickbruch?«

»Kann auch vom Treppensturz herrühren.«

»Muss aber nicht?«

»Kann auch von jemandem verursacht worden sein, der weiß, wie's geht.«

»Ein Kampfsportler beispielsweise?«

»Möglich. Habt ihr einen solchen Verdächtigen?«

»Ja. Kannst du sonst noch etwas sagen, Jens?«

»Viel Glück!«

»Schönen Sonntag noch.« Kathrin wählte Ralfs Nummer. »Komm in einer Stunde zu dem Italiener gegenüber von unserem Tatort.«

Als Ralf den mit Gaspilzen angenehm temperierten Wintergarten des Restaurants betrat, hatte Kathrin bereits den ersten Kaffee getrunken. Sie berichtete ihm von Strucks Ergebnissen.

126

»Aber das hättest du mir doch auch am Telefon mitteilen können«, sagte er und schüttelte den Kopf.

»Hier ist es aber viel gemütlicher. Und leckerer.«

Er sah sie scheel an. »Was führst du im Schilde?«

»Hast du inzwischen mal den Ablauf von Freitagabend rekonstruiert?«

Ralf zog sein Tablet aus der Segeltuchtasche. Nach ein paar Sekunden präsentierte er Kathrin eine Tabelle, in der Uhrzeiten und handelnde Personen verzeichnet waren.

»Sehr gut.«

»Und was schließt du jetzt daraus?«

»Darunter befindet sich der Mörder.«

»Ich denke, er ist an einer Überdosis gestorben.«

»Irgendjemand von den sechs da drüben hat ihm so viel Schlafmittel verpasst, dass er entweder von selbst die Treppe hinabgestürzt ist, oder es wurde nachgeholfen.«

»Radelkovic?«

»Immer noch dein Verdächtiger Nummer eins, nicht wahr?«

»Er ist groß und kräftig genug.«

»Nimmt er Schlafpillen?«

Ralf stutzte. »Eher nicht, aber die Miramodo. Hat sie selbst gesagt. Die hat bestimmt eine Menge von dem Zeug zu Hause.«

Wie herbeigezaubert stand der Küchenchef an ihrem Tisch. »Was darf es sein?«

»Zabaione«, sagte Kathrin mit leicht verklärtem Gesicht.

»Und der Herr?«

»Ein Bier.«

»Molto bene.« Der Gesichtsausdruck verriet seine Gedanken nur zu deutlich. Dass die Deutschen immer Bier trinken mussten!

Die Zabaione schmeckte einfach göttlich. Nach dem letzten Löffel orderte Kathrin die Rechnung und tat kund: »Und jetzt gehen wir rüber, holen alle zusammen und schauen, wer den Jungen ins Jenseits geschickt hat.«

»Wie bitte?« Ralf starrte auf sein Tablet. »Das geht mir jetzt zu schnell. Was hast *du* aus den Aufzeichnungen gesehen, was *ich* nicht sehe?«

»Warte es ab.«

»Oder hat dir die Zabaione eine Eingebung geschenkt?«

Kathrin grinste nur, legte den Zeigefinger auf die Lippen und schob ihm die Rechnung rüber. Ralf schüttelte den Kopf und zahlte klaglos. Sie marschierten die wenigen Meter zum Haus gegenüber und Kathrin klingelte direkt bei Frau Thalheim.

Ralf sah sie an. »*Die*?«

»Sie ist der Schlüssel.«

»Warum?«

»Weil sie Rechtsanwältin ist. Leider wohnt sie ganz oben.«

»Na, dann los!«

Thalheim war zu Hause und öffnete sofort. Für den Weg in die oberste Etage brauchten sie fast fünf Minuten. Als sie das Wohnzimmer betraten, saßen dort schon Frau Miramodo, Frau Birkner, Radelko-vic, Dr. Keuning und Frau Meerfeld.

Kathrin schaute leicht amüsiert in die Runde. »Sehr schön, dass Sie uns alle bereits erwarten.«

»Wie meinen Sie das?« Frau Thalheims Stimme klang scharf.

»So müssen wir nicht erst alle zusammentrommeln, um mit Ihnen den Ablauf am Freitagabend zu rekonstruieren, an dem Ihr ungeliebter Vermieter hier zu Tode kam.«

»Ist er nicht die Treppe hinabgestürzt?« Keuning hob sein scharf geschnittenes Kinn ein wenig an.

»In letzter Konsequenz ist er das wohl«, antwortete Kathrin. »Aber in dem Moment war er nicht mehr Herr seiner Sinne.«

»Was bedeutet das?« Frau Thalheim nahm im roten Sessel Platz und schlug die Beine übereinander.

»Er hatte reichlich Schlafmittel im Blut. So viel, dass es einen Ochsen niedergestreckt hätte.« Kathrin beobachtete die einzelnen Personen. Sie sahen sich verstohlen wechselseitig an, doch keiner sagte ein Wort. »Ein Schlafmittel, wie Sie es stets nehmen, nicht wahr, Frau Miramodo?«

Die Angesprochene fuhr zusammen. Ihre goldenen Armreifen klimperten und der beeindruckende Busen wippte so heftig, dass der ganze Körper bebte. »Ich, ich«, stammelte sie.

»Denken Sie daran, was ich Ihnen gesagt habe«, fuhr Frau Rechtsanwältin energisch dazwischen. »Sie müssen nichts sagen.«

129

»Falls Sie sich damit belasten«, ergänzte Kathrin.

Frau Miramodo lief puterrot an. »Ich habe ihm nicht serviert Schlaftabletten!«

»Was haben Sie ihm dann – serviert?«

»Einen spanischen Sherry.« Ihr Busen rückte weiter nach vorn. »Und Plätzchen.«

Kathrin nickte. »Hm. Obwohl Sie doch so wenig Zeit hatten, weil Sie zur Vorstellung mussten.« Sie blickte zu Frau Meerfeld. »Sie haben ihm doch bestimmt auch etwas serviert. Ihre leckeren selbstgebackenen Plätzchen, nicht wahr?«

Die alte Dame nestelte an ihrer Brille. »Ich biete meinen Gästen immer Selbstgebackenes an.«

»Gab es Tee dazu?«

»Natürlich. Er kam um fünf. Tea Time.«

»Ich wette, dass Sie auch diese Schlaftabletten nehmen, oder nicht?« Kathrin hielt ein Foto hoch, auf dem eine Packung des Präparates zu sehen war.

Frau Meerfeld schaute gar nicht hin, sondern wechselte erst mit Frau Miramodo und dann mit Frau Birkner einen Blick.

»Und Sie, Frau Birkner, haben es den beiden aus der Apotheke verschafft, nicht wahr?«

Frau Birkner schrumpfte zusammen und schaute hilfesuchend zu Dr. Keuning. Kathrin folgte ihrem Blick und ergänzte: »Und Sie haben es rezeptiert?«

Keuning ließ einige Sekunden verstreichen und schüttelte dann den Kopf. »Ich stelle schon lange keine Rezepte mehr aus. Wie Sie wissen, bin ich nicht mehr ärztlich tätig.«

Ralf schaltete sich ein. »Eine Tante von mir ist auch Ärztin und bekommt rezeptpflichtige Medikamente einfach nur mit ihrem Arztausweis. Sie haben doch bestimmt auch noch einen?«

Keunings Stirn verfinsterte sich. »Den hat jeder Arzt. Auch wenn er nicht mehr praktiziert.«

»Dann wäre das ja geklärt.« Jetzt hatte Kathrin ihn fest im Visier. »Sie haben uns gesagt, dass Sie Lehndorffs Tod festgestellt haben, da er keinen Puls mehr hatte. Stimmt das?«

»Natürlich.«

»Sonst ist Ihnen nichts aufgefallen?«

»Was soll die Frage?«

»Die Totenflecken sind Ihnen nicht aufgefallen?«

»Ich bin kein Gerichtsmediziner.«

»Sie wollten uns weismachen, dass Lehndorff erst morgens gestorben war!«

»Ich wollte Ihnen gar nichts weismachen.«

»So ein erfahrener Arzt wie Sie...«

»Dann habe ich die Totenflecken eben übersehen«, sagte er und zuckte die Schultern. »Daraus können Sie mir keinen Strick drehen.«

»Was soll eigentlich diese ganze Vorstellung«, empörte sich Frau Thalheim und stand auf. »Sie beschuldigen hier die Hausbewohner und haben keinerlei Beweise.«

»Doch, die haben wir«, widersprach Kathrin.

»Was denn, bitte? Selbstgebackene Plätzchen oder was? Sie können keinem einzigen von uns nachweisen, dass er oder sie Herrn von Lehndorff umgebracht hat. Ein Schlafmittel, das viele Menschen einnehmen! Das ist lächerlich, Frau Kommissarin, mehr haben Sie nicht?«

»Wie passend, eine Rechtsberatung im Hause zu haben, nicht wahr?« Kathrin erhob sich und ging langsam von einem zum anderen. »Ein geschickter, ja fast perfider Plan, den Sie sich gemeinsam ausgedacht haben. Wer von Ihnen ist eigentlich darauf gekommen?« Sie blickte in die Runde, doch keiner sagte ein Wort. »Sie, Herr Keuning, haben mit Ihrem Arztausweis so viel Schlafmittel in der Apotheke gekauft, dass Sie eine ganze Kompanie damit ausstatten konnten. Praktisch, dass Frau Birkner in der Apotheke eingeweiht war. Jemand anderes hätte unbequeme Fragen wegen der Menge gestellt, nicht wahr? Und Frau Meerfeld, Sie haben Ihre berühmten Plätzchen mit viel Butter gebacken und, so nehme ich mal an, alle Hausbewohner damit versorgt. Dabei ist Ihnen zufällig eine erhebliche Menge von dem Schlafmittel in den Puderzucker gerutscht, mit dem sie das Gebäck versehen haben. Außerdem denke ich, dass in den Tees, Kaffees und sonstigen Getränken, die Sie alle Ihrem Vermieter bei seinen Besuchen am Freitagnachmittag und Abend kredenzt haben, ebenfalls das Medikament enthalten war. Nicht zuletzt in dem Apfelkuchen, den Sie, Frau Birkner, aufgetischt haben. Das führte dazu, dass Herr von Lehndorff bei Herrn Radelkovic irgendwann vor Müdigkeit eingeschlafen ist.«

»Wieso bei mir?« Radelkovic sah sie finster an.

»Sie waren der Letzte, den er besucht hat, um die Kündigungsfrage zu besprechen. Sie als kräftigsten Mann haben die anderen bestimmt, den durch die hohe Dosis Benzodiazepin narkotisierten Vermieter zur Kellertreppe zu schleppen und dann hinabzustoßen.«

»Ich habe ihn nicht *hinabgestoßen*.«

Kathrin blickte ihn an. Betonte er das Wort hinabgestoßen zu sehr?

»Sie können ihm nichts nachweisen«, schaltete sich Frau Thalheim ein. »Ihm nicht und keinem anderen von uns auch nicht.«

»Das genau war Ihr Plan, Frau Anwältin. Nicht wahr, Sie haben das ausgeheckt? Sie alle haben ihm das Schlafmittel gegeben. Sechsmal hat er eine Dosis davon zu sich genommen.«

»Und selbst, wenn das so gewesen wäre, merken Sie, ich spreche im Konjunktiv, so wäre doch jede einzelne Dosis nicht tödlich gewesen. Und keine einzelne Person hat ihm das Genick gebrochen. Das war doch die Todesursache, oder nicht?«

»Sie haben ihn oben an die Kellertreppe gebracht und im betäubten Zustand hinunterrollen lassen.«

»Nur eine wilde Theorie, nichts weiter. Sie werden nichts beweisen können. Oder haben Sie einen Zeugen für diese Fantasie?«

Kathrin stand langsam auf und nickte Ralf zu. »Sie alle tragen jetzt ein dunkles Geheimnis und eine Schuld mit sich herum. Irgendwann wird einer von Ihnen es nicht mehr aushalten und sein Gewissen erleichtern wollen. Oder sich als Kronzeuge einen Vorteil gegenüber den anderen verschaffen wollen. Dann platzt Ihr feiner Plan und wir werden uns wiedersehen. Einen schönen Abend noch.«

Draußen auf der Straße schauten Kathrin und Ralf die Fassade des alten Hauses hinauf. Über dem Giebel hingen pechschwarze Regenwolken.

»Es ärgert mich gewaltig, dass die damit durchkommen«, brummte Ralf. »Darauf muss ich erst mal einen Schnaps trinken.«

»Warte ab, einer wird auspacken.«

»Hoffentlich erleben wir das noch.«

Die ersten dicken Regentropfen benetzten ihr Gesicht. »Morgen ist ein neuer Tag«, sagte Kathrin.

Das vierte Baby

Seit sechs Wochen ging das jetzt schon. Jeden Morgen stampfte Kathrin mit schwereren Schritten ins Büro und fürchtete, dass sie zu spät kam. Dass wieder ein Baby in ihrer Stadt in der Nacht zuvor ausgesetzt worden war und es diesmal die Nacht nicht überlebt hatte, weil sie oder jemand anderes es nicht rechtzeitig gefunden hatte. Sie war felsenfest überzeugt, dass es jetzt passieren würde. Vielleicht heute Nacht. Oder morgen. Oder nächste Woche. Draußen färbten sich die Blätter bereits rot und gelb und die Spinnen woben kunstvolle Netze zwischen den verblühten Rispen der Gräser und in den Zweigen der Büsche. Erste Nebel hingen frühmorgens über den Grünflächen im Stadtpark.

Immer im Spätsommer in den vergangenen drei Jahren hatte jemand ein Neugeborenes nur wenige Stunden nach dessen Geburt abgelegt. Beim ersten Mal sorgfältig eingewickelt in eine rosabeige Baumwolldecke mit putzigen Entenbildern. Das Jahr darauf lieblos eingehüllt in ein blutverschmiertes weißes Bettlaken, das offensichtlich als Unterlage bei der Entbindung gedient hatte. Im letzten Jahr notdürftig bedeckt von einer goldfarbenen Rettungsfolie aus dem Verbandskasten eines Autos.

Die winzigen Bündel waren unter freiem Himmel schutzlos ausgesetzt worden. An einer Bushaltestelle. An einer Eingangstreppe von einem Einfamilien-

135

haus. An einem Taxistand. Offensichtlich hatte die Mutter, oder wer auch immer es war, darauf gehofft, dass jemand die hilflosen Wesen rechtzeitig fand, bevor sie an Hunger, Durst oder Unterkühlung starben. Gott sei Dank waren die Nächte bis weit in den September schwülheiß gewesen. Wie durch ein Wunder überlebten alle drei Babys.

In diesem Frühjahr hatte Kathrin an einem verregneten Wochenende die Aktenstapel mit den offenen Fällen durchgesehen und entdeckt, dass alle drei Babys Mädchen und zudem noch Geschwister waren. Seitdem wuchs täglich ein Fieber in ihr, diesen ungewöhnlichen Fall aufzuklären. Diejenige Person zu finden, die sich schuldig gemacht hatte nach Paragraf 221 des Strafgesetzbuches. *Kindesweglegung.* So nannte man dieses Gefährdungsdelikt, wenn jemand einen Menschen in eine hilflose Lage versetzte oder ihn in einer solchen pflichtwidrig im Stich ließ, ihn hierdurch in die Gefahr des Todes oder einer schweren Gesundheitsschädigung brachte und es sich dabei um das schutzloseste und unschuldigste aller Lebewesen, ein Neugeborenes, handelte. Freiheitsstrafen von drei Monaten bis zu fünf Jahren verhängten Richter für dieses Vergehen.

Aber an Bestrafung mochte Kathrin jetzt nicht denken. Sie wollte verstehen, *was* die Mutter dazu veranlasst hatte, dreimal diesen schrecklichen Schritt zu gehen, und vor allem wollte sie rechtzeitig zur Stelle sein, wenn sie es wieder tun würde. Eigentlich ein Ding der Unmöglichkeit in einer großen Stadt.

Aber Kathrin wollte nichts von solcher Logik hören. Sie hätte ein Monatsgehalt, nein drei, darauf gewettet, dass es dieses Jahr wieder passieren würde. Und sie redete sich mit jedem Tag nachdrücklicher ein, dass sie den entscheidenden Hinweis finden würde, nein musste.

Als sie ihrem Chef davon berichtete, schüttelte er den Kopf und erwiderte, es gäbe genug andere Arbeit und sie solle sich lieber den aktuellen Fällen widmen, anstatt wertvolle Zeit und unnütze Kraft zu verschwenden. Doch Kathrin ließ nicht locker. Wie ein Terrier in seine Beute hatte sie sich festgebissen in diesen Fall. An den aktuellen Strafsachen arbeitete sie hart, aber sie nervte ihren Vorgesetzten tagtäglich, bis er zermürbt sein Einverständnis gab, dass sie mit zwei weiteren Kollegen an der Sache arbeiten durfte. Nebenbei, versteht sich. Akribisch trugen Kathrin und ihr Team alles zusammen, was sie an Informationen finden konnten.

Kathrin kannte jedes scheinbar noch so unwesentliche Detail. Immer zwischen Mitternacht und vier Uhr morgens wurden die Mädchen ausgesetzt. Glückliche Zufälle sorgten dafür, dass wildfremde Menschen sie rechtzeitig fanden. Der Obdachlose, der im Mülleimer an der Bushaltestelle nach Pfandflaschen stöberte und über das Bündel vor seinen Füßen stolperte. Die Eheleute, die von einer Familienfeier nachts um halb zwei nach Hause kamen und auf der Eingangstreppe ihres Einfamilienhauses direkt neben den Rhododendron-Büschen das wimmernde Baby fanden. Nachbarn hatten natürlich nichts bemerkt. Und schließlich der Taxifahrer, der routinemäßig in der Sackgasse neben dem Döner-Imbiss und der Bankfiliale in den Nachtstunden einen der beiden Halteplätze anfuhr und das goldfarbene Päckchen fand, in dem das untergewichtige Mädchen mit reichlich Käseschmiere auf der Haut zitterte. Drei unschuldige Dinger, die bereits in den ersten Stunden ihres irdischen Daseins in Lebensgefahr geraten waren.

An die Wand über ihren Schreibtisch hatte Kathrin fünf DIN-A4-Seiten gehängt. Nebeneinander. Auf jedes Blatt hatte sie mit dem dicksten schwarzen Edding-Stift, den sie finden konnte, nur einen Buchstaben gemalt. Zusammen ergaben sie ein Wort. *Warum*?

Diese Frage jagte Kathrin rastlos durch die Tage und Wochen. Tagsüber diskutierte sie endlos mit ihren Kollegen darüber, nachts grübelte sie und fand nicht in den Schlaf. *Konnte* die Mutter ihre Mädchen nicht behalten? *Wollte* sie nicht? *Durfte* sie nicht? Wer setzte freiwillig sein eigenes Kind aus? Und dann dreimal hintereinander? Zwang sie jemand dazu? Und wenn ja, warum? Weil es Mädchen waren? Weil die unschuldigen Dinger Zeugnis ablegten von einem Verbrechen? Weil sie störten? Wen? Und wobei? Aus dem warum erwuchsen unzählige neue Fragen, auf die Kathrin noch keine Antwort wusste.

Kindesaussetzung hatte es in der Geschichte der Menschheit schon immer gegeben. Antike Sagen beschrieben die Aussetzung von Ödipus, Romulus und Remus oder Kyros. Zumeist wollten die Täter Thronfolger loswerden oder, im Fall von Ödipus, vorhergesagtes Unheil abwenden. Erst im Mittelalter sorgte die katholische Kirche dafür, dass das Aussetzen von Kindern verboten wurde und Klöster Findelkinder aufnehmen durften. Da hatte die Kirche ausnahmsweise mal was Gutes bewirkt.

Heutzutage gab es jedoch verschiedene Möglichkeiten für eine werdende Mutter, wenn sie ihr Kind nicht austragen oder behalten und aufziehen konnte. Den Schwangerschaftsabbruch nach der Beratungsregelung, die anonyme Entbindung und die Freigabe zur Adoption. Und natürlich die Babyklappe am Kinderhaus der Caritas, in allen großen Städten ein allerletzter Ausweg in einer akuten Notlage. Wieso hatte die Mutter keine dieser Möglichkeiten genutzt?

Seit der Bildung ihres Teams »Baby« waren mehrere Wochen vergangen. Mit jedem weiteren Tag wurde Kathrin zunehmend unruhiger. Trotz der allabendlichen zwei Gläser Rotwein schlief sie keine Nacht mehr durch und schleppte sich morgens wie gerädert ins Büro. Ihre Tabletten hielten ihren Blutdruck nicht mehr in Schach und sie fühlte bei jeder neuen Blutdruckspitze, dass ihr Gesicht vor Hitze brannte und es unter ihrer Kopfhaut kribbelte. Beim Blick in den Spiegel sah sie in ihr hochrotes Antlitz. Ihr Herz schlug zunehmend unrhythmisch und bei jedem Stolpern fürchtete sie, es sei der letzte Schlag. Das durfte nicht sein. Sie *musste* diese Sache aufklären. Und zwar bevor sie den Abgang machte.

Es war jetzt bereits die zweite Woche im September und seit fünf Tagen stromerte sie in den Nachtstunden durch die Straßen der Altstadt. Suchte nacheinander die drei Plätze auf, an denen die Babys in den vergangenen Jahren abgelegt worden waren. Schlug konzentrische Kreise um die drei betreffenden Stellen und überprüfte die Verbindungswege zwischen den Orten und mögliche Schnittstellen. Sie drückte sich wie beiläufig in Hauseingängen und in dunklen Ecken herum und beobachtete misstrauisch jede Person, die in diesem Bermuda-Dreieck, wie sie es nannte, unterwegs war und irgendetwas mit sich trug, das wie eine Tasche oder ein Rucksack aussah.

Männer kamen als Täter nicht in Frage. An den Tüchern, in denen die Mädchen eingewickelt waren, konnte die Spurensicherung ausschließlich weibliche DNA nachweisen. Die der Babys und die der Mutter. Kathrin mutmaßte, dass diese zwischen zwanzig und fünfzig Jahre alt sein musste. Ältere bekamen schließlich nur noch selten Nachwuchs. Und jüngere mit drei Entbindungen? Auch eher unwahrscheinlich. Auf wie viele Frauen mochte das in ihrer Stadt zutreffen? Kathrin seufzte. Zu viele, um sie alle zu überprüfen, und sonst wusste sie rein gar nichts über die Person, nach der sie suchte.

Kathrin sah auf die Armbanduhr. Halb drei. Die Leuchtziffern an der Infotafel der Sparkasse zeigten immer noch einundzwanzig Grad. Und das Mitte

September. Kathrin fühlte eine Hitzewelle nach der anderen in ihrem Inneren aufsteigen. Seit drei Monaten war ihre Periode ausgeblieben. Endlich. Mit zweiundfünfzig Jahren war es aber auch kein Wunder. Oder lag es an ihrem unregelmäßigen Tagesablauf, den durchwachten Nächten und nicht zuletzt an dem Stress, den dieser Fall ihr bereitete? Auf jeden Fall wurde es Zeit, dass das monatliche Ärgernis, mit dem sie sich seit vierzig Jahren rumplagte, ein Ende fand. Ihre Gynäkologin hatte ihr mit einem enthusiastischen Strahlen gesagt, sie solle sich doch freuen, dass sie bis jetzt immer reichlich mit Östrogenen versorgt worden sei. Von wegen Osteoporose-Prophylaxe und so. Kathrin schnaubte und wischte sich den Schweiß von der Stirn. Auf diesen Mist konnte sie verzichten. Genauso wie auf die verflixten Hitzewellen, die sie jetzt seit zwei Monaten plagten. Vor allem in den Nächten. Aber auch da hatte ihre Gynäkologin einen guten Ratschlag für sie. Abnehmen wäre super. Dann käme sie besser durch die Wechseljahre. Die konnte gut reden. Bestand selbst nur aus Haut und Knochen. War unter Garantie schon als Rappelgestell zur Welt gekommen und würde auch so in die Kiste gehen. Die hatte bestimmt noch nie ein Pfund zu viel auf den Hüften gehabt und wusste so viel vom Abnehmen wie eine Kuh vom 1. Mai. Seit ihrem sechzehnten Lebensjahr kämpfte Kathrin mit den Pfunden und war stets heilfroh, wenn Kleidergröße sechsundvierzig reichte. Egal. Dann eben schwitzen. Das einzig Gute an dieser warmen Nacht war, dass ein Neugeborenes draußen eine gute Überlebenschance haben würde.

Nur wenige Menschen waren um diese Zeit noch unterwegs, ausschließlich Männer. Ein Betrunkener torkelte an den Geschäften entlang, die den Beginn der Fußgängerzone markierten. Er hielt sich an den Wänden fest und brabbelte mit sich selbst. Ab und zu brüllte er ein paar Schimpfworte in die Nacht hinaus. Kathrin setzte sich auf eine Bank in der Nähe des Eingangsportals der katholischen Kirche. Von hier aus konnte sie auch die Treppenstufen des gegenüberliegenden evangelischen Gotteshauses beobachten. Dort hockten schon seit geraumer Zeit zwei junge Burschen und leerten einen Sixpack Bier. Die U-Bahn-Station auf halbem Weg zwischen den Kirchen spuckte ein junges Pärchen aus. Eng umschlungen verschwanden die beiden im Halbdunkel einer Seitenstraße, in der von drei Laternen nur eine leuchtete. Es schien, als sollte auch diese Nacht nichts passieren.

Kathrin legte den Kopf in den Nacken und sah in den Himmel. Unmerklich hatten sich dunkle Wolken über ihr zusammengezogen. Ab und zu blitzte der Mond in einer Lücke dazwischen auf. Wahrscheinlich noch zwei Tage bis Vollmond. Obwohl hier die Stadtväter in einer mehrjährigen Umbauaktion einen großzügigen und luftigen Platz der Begegnung zwischen den hohen Häusern der Innenstadt gebaut hatten, strahlte der dunkelgraue Asphalt auch noch in der Nacht die Hitze des vergangenen Tages ab und die Wolkendecke drückte die schwüle Luft zusätzlich nach unten. In der Wettervorhersage hatten sie für die nächsten Tage Gewitter mit Starkregen angekündigt. Während Kathrin noch darüber nachdachte, wann der ersehnte Regen nach wochenlanger Trockenheit endlich kommen würde, fielen erste schwere Tropfen aus einer pechschwarzen Wolke über ihr auf die Stirn.

Sie schloss für einen Moment die Augen, atmete tief ein und zählte die Tropfen, die ihr Gesicht und ihre nackten Arme benetzten. Fühlte sie nicht einen winzigen Luftzug? Kathrin öffnete die Augen, gerade rechtzeitig, um einen bizarren Blitz zu sehen, der den Nachthimmel hinter der evangelischen Kirche erleuchtete. Sie zählte die Sekunden. Bei drei donnerte es. Das Gewitter war noch einen knappen Kilometer von ihr entfernt. Die nächsten Blitze folgten. Zwei Sekunden. Es kam schnell näher. Zeit, Schutz zu suchen. Die Jungs schräg gegenüber stellten sich unter die Arkaden der evangelischen Kirche. Kathrin stand auf und lief die wenigen Schritte zum Eingangsportal der neugotischen katholischen Kirche.

Sie wusste nicht, warum sie intuitiv die Hand auf die schwere Klinke legte. Die Tür war nicht verschlossen. Wie konnte das sein? Hatte der Pfarrer vergessen zuzusperren? Die schwere Tür ließ sich überraschend leicht aufdrücken. Ein leises Quietschen begleitete ihre zögernden Schritte hinein. In der Kirche konnte Kathrin Schutz vor dem Gewitter finden, doch sie blieb einen Moment unschlüssig im

Vorraum stehen. Die schwere Tür leise fiel hinter ihr ins Schloss. Langsam schritt sie durch das vom Mond erleuchtete Mittelschiff Richtung Querhaus. In diesem Moment warf der nächste Blitz durch die hohen Fenster der Apsis ein grelles Licht auf den Granitaltar in der Vierung. Kathrin trat in eine Sitzreihe zu ihrer Rechten und hockte sich auf die Bank. Noch nie hatte sie zu dieser Stunde eine Kirche betreten. Es gab ja seit einiger Zeit einmal im Jahr die Nacht der offenen Kirchen. Mehrmals hatte Kathrin überlegt, ob sie nicht zu dieser Gelegenheit mal wieder in ein Gotteshaus gehen sollte. Doch sie hatte nie den Dreh gefunden. Entweder musste sie arbeiten oder hatte einfach nicht den Hintern von der Couch hochgekriegt. Wann war sie das letzte Mal in der Kirche gewesen? Dieses Jahr zu Ostern? Nein, sie hatte es vorgehabt, aber dann war wieder etwas dazwischengekommen. Dann musste es wohl Weihnachten vergangenes Jahr gewesen sein. Und davor? Irgendwann im Laufe der letzten Jahre hatte sie den Weg in die Messe nicht mehr gefunden. Na ja, die Skandale in der katholischen Kirche waren nicht dazu angetan, sie wieder regelmäßig dorthin zu locken, so wie früher, als sie noch ein Kind war und an der Hand ihrer Mutter nicht nur sonntags zum Gottesdienst gegangen war. Zwischenzeitlich hatte sie auch daran gedacht, auszutreten oder zumindest zu konvertieren. Bei den Protestanten war auch nicht alles perfekt, aber wohl doch nicht ganz so schlimm wie in der katholischen Kirche.

Kathrin ertappte sich, dass sie die Augen geschlossen und ihre Hände im Schoß gefaltet hatte. Sie hatte es automatisch getan, ohne darüber nachzudenken. Ein gewaltiger Donnerschlag ließ sie zusammenzucken. Das Innere der Kirche war fast taghell erleuchtet. Hatte schon mal ein Blitz in eine Kirche eingeschlagen? Eine feste Burg ist unser Gott. Komisch, dass ihr gerade jetzt Luthers Kirchenlied in den Sinn kam. Ob das ein Zeichen für sie bedeutete? Ihr Blick fiel auf den hölzernen Beichtstuhl an der rechten Wand der Kirche. Wann war sie das letzte Mal zur Beichte gegangen? Sie konnte sich beim besten Willen nicht mehr erinnern. Auf jeden Fall musste es vor mehr als vierzig Jahren gewesen sein.

Kathrin stand auf und schritt zu der Kabine mit den drei Türen. Sie erinnerte sie an einen Schrank, dessen Holz kunstvoll mit Schnitzereien verziert war. Eine Weile blieb sie unschlüssig vor ihr stehen. Wollte sie jetzt und hier beichten? Einfach aus einer Eingebung heraus? Sonst plante sie doch immer alles genau. Langsam öffnete sie die rechte Tür. Sollte sie? Ohne Pfarrer? Was sprach dagegen? Gott hörte alles. Sie schloss die Tür bis auf einen Spalt hinter sich und kniete sich auf das hölzerne Bänkchen, das zur mittleren Kabine ausgerichtet war. Drinnen roch es muffig. Warum hatte sie die Tür nicht einfach weit offengelassen? Schließlich war niemand außer ihr hier. Ihr Herz klopfte so laut, dass sie den Pulsschlag in ihren Ohren hörte. Zögerlich begann sie im Geist zu beten, wie von selbst flossen die Worte.

»Vater unser im Himmel, geheiligt werde dein Name.« Sie stockte. Warum sprach sie die Worte nicht laut? Sie räusperte sich und begann von vorn.

»Vater unser im Himmel, geheiligt werde dein Name. Dein Reich komme, dein Wille geschehe, wie im Himmel, so auf Erden. Unser tägliches Brot gib uns heute. Und vergib uns unsere Schuld, wie auch wir vergeben unseren Schuldigern. Und führe uns nicht in Versuchung, sondern erlöse uns von dem Bösen. Denn dein ist das Reich und die Kraft und die Herrlichkeit in Ewigkeit. Amen.«

Kathrin atmete tief ein und aus. Der muffige Geruch störte sie nicht mehr. Sie öffnete die Augen, die sie bei dem Gebet intuitiv geschlossen hatte. Die Worte hatten gutgetan. Irgendwie befreiend. Ein Blitz erhellte abermals das Innere der Kirche und sogar ein wenig die kleine Kabine. Klemmte da nicht ein Stück Papier in dem Spalt zwischen dem Kniebänkchen und der hölzernen Kabinenwand? Als sie danach griff, donnerte es, aber deutlich leiser als zuvor. Sprach *ER* mit ihr? Sollte sie es nehmen oder nicht? Es war ja nicht für sie bestimmt. Aber jetzt kniete sie hier, also war es Fügung.

Kathrin zog ein zusammengefaltetes Stück Papier hervor. Sie fingerte ihr Smartphone aus der linken Gesäßtasche und knipste das Display an. Ein paar Spinnenweben hingen an dem Zettel, der schon eine Weile dort gelegen haben musste. Das karierte Blatt aus recyceltem Papier hatte jemand aus einem Heft herausgerissen und mehrfach so zusammengefaltet, dass die beschriebene Seite innen lag. Sie stellte die Taschenlampenfunktion an ihrem Smartphone an, strich es glatt und begann zu lesen.

»Vergib mir, Herr, denn ich habe gesündigt. Ich habe getan, was eine Mutter niemals tun darf. Ich habe meine drei kleinen Mädchen weggegeben. Aber ich durfte sie nicht behalten, sonst hätte ihr Vater sie umgebracht. Es war die einzige Möglichkeit für mich, sie zu retten und ich hoffe sehr, dass es ihnen dort, wo sie jetzt leben, gut geht. Herr, ich danke dir, dass du mir dieses Jahr endlich einen Jungen geschenkt hast. Ich hoffe, dass mein Mann jetzt zufrieden ist und uns in Ruhe leben lässt, denn nochmals werde ich es nicht über mein Herz bringen, ein Mädchen wegzugeben, eher will ich sterben. Bitte Herr, behüte uns und lass mich niemals wieder schwanger werden. Und beschütze meine drei Mädchen, wo immer sie auch sein mögen.«

Kathrin starrte auf das staubige Papier. Sie atmete tief ein und aus und schluckte die aufsteigenden Tränen hinunter. Merkwürdig, dass gerade der Ort, der Geheimnisse bewahren sollte, ihr jenes preisgegeben hatte, über das sie sich so lange den Kopf zerbrochen hatte. Sie faltete das Papier wieder zusammen, knipste das Smartphone aus und steckte beides ein. Ihre Knie schmerzten und sie erhob sich ächzend aus der unbequemen Position. Sie öffnete die Tür und trat aus der Kabine in den großen Kirchenraum, der im milchigen Licht des Mondes lag. Langsam schritt sie durch die Sitzreihe, in der sie anfangs

Platz genommen hatte, und bog in den Mittelgang ab. An der Eingangstür drehte sich noch einmal um und bekreuzigte sich. Dann trat sie aus der Kirche heraus. Ein auffrischender Wind hatte die Schwüle weggeblasen und die Luft deutlich abgekühlt. Auf dem Weg nach Hause setzte ein leichter Landregen ein.

Rote Rosen

Lieben Sie auch rote Rosen? Ich glaube, es gibt kaum eine Frau auf der Welt, die rote Rosen nicht mag.

Doch die Sache ist die: Rote Rosen kauft man sich nicht selbst, nein, die bekommt man geschenkt. Und welche Frau wünscht sich nicht, von ihrem Schatz einen großen Strauß rote Rosen in den Arm gelegt zu bekommen, während er die drei magischen Worte sagt. Rote Rosen sind das Zeichen der großen Liebe, von Lieben und Geliebt-Werden. Und ganz besonders, wenn sie betörend duften.

Mir geht es da nicht anders als Ihnen, meine Damen. Natürlich freue ich mich, wenn mein Currywurst- und Fußball-Liebhaber mir rote Rosen schenkt, die von der besonderen Sorte, die ich so liebe. Immer, wenn er mir einen solchen Strauß überreicht und meine Augen damit zum Glänzen bringt, schwillt seine Kavaliersbrust und er freut sich wie ein Galan. Es gibt nur eine Schwierigkeit: Er selbst denkt so selten daran. Ich vermute, viele Frauen kennen dieses Problem. Die Anzahl der Jahre, in denen man zusammen Tisch und Bett teilt, ist umgekehrt proportional zur Anzahl der Tage, an denen ein Mann seiner Frau rote Rosen schenkt. Es ist keine böse Absicht, nein, selbstverständlich möchte er mir gern eine Freude machen, aber im Alltagsstress ersticken Job, Einkaufen, Fußball und mittlerweile auch das

Internet seine romantische Ader und lenken ihn so ab, dass er einfach nicht daran denkt.

Aber wie Sie sicher wissen, Frauen finden für alles eine Lösung. Die hohe Kunst ist es zweifelsohne, den Mann auf eine elegante Art und Weise an etwas zu erinnern, dass er gar nicht merkt, dass er erinnert wird. Nein, er muss glauben, dass er selbst die Idee hatte. Wir war das noch? Hinter jedem großen Mann steht eine noch größere Frau? Wir Frauen wirken ja oft im Verborgenen, ziehen mit zarter Hand, aber festem Griff die Fäden, bringen alles ins Lot, sorgen dafür, dass das feine Räderwerk der Maschine des Lebens gut geölt ist und harmonisch ineinandergreift, während an der Front der Mann den markanten roten Knopf drückt, um die Dinge zu starten. Er denkt, er hat alles im Griff, aber wir Frauen wissen um die Wahrheit.

Folglich müssen wir ihn erinnern, dass es mal wieder Zeit für rote Rosen ist. Hierfür gibt es zum einen die klassischen Anlässe. Den Geburtstag und den Hochzeitstag. Beim Ersten klappt es meist noch ohne Anstoß, beim zweiten wird es schon schwieriger. Diverse andere Tage werden regelmäßig vergessen: das allererste Treffen oder den Tag, an dem man in die erste gemeinsame Wohnung zog. Dann haben wir noch den Muttertag, den Weltfrauentag und Valentinstag. Letzterer wird von der Industrie der Blumenläden mittlerweile derart offensiv beworben, dass kaum ein Mann daran vorbeikommt. Diesen Tag zu übersehen, kann nur ein Zeichen völliger

Ignoranz und Entfremdung sein und wird nur in dem Fall entschuldigt, wenn er sich auf einer Expedition in der Antarktis oder am Amazonas befindet oder auf dem Flug zum Mond ist.

Bewährte Erinnerungsmethoden für von Natur aus vergessliche oder gerade besonders gestresste Ehemänner sind zum Beispiel das demonstrative Wegwerfen des verblühten Blumenstraußes ein oder zwei Tage vor einem der obigen Ereignisse mit anschließender ausgiebiger, nicht zu übersehender Reinigung der Blumenvase. Damit diese rechtzeitig bereitsteht, einen neuen Strauß zu präsentieren, versteht sich. Auch das interessierte Stehenbleiben und Betrachten der Präsentation der neuesten botanischen Errungenschaften im Schaufenster des Blumenladens unseres Vertrauens beim letzten Spaziergang vor besagtem Tag X ist eine probate Methode. Oder der diskrete Hinweis beim Smalltalk während des Abendessens, dass der Nachbar von nebenan seiner Frau vor kurzem einen wundervollen Rosenstrauß zum Geburtstag mitgebracht hat. Ich glaube, meinem Teddybären ist noch gar nicht aufgefallen, dass die Nachbarin mindestens dreimal im Jahr Geburtstag hat. Das stachelt seinen Ehrgeiz an, will er doch dem Fußballkumpel in nichts nachstehen, vor allem, wenn der schon beim Bundesliga-Tippspiel in Führung liegt.

Apropos, es hat mal wieder geklappt, meine Damen. Heute Abend hat er mir einen Strauß mit fünfundzwanzig dunkelroten Rosen überreicht. Und das, obwohl ich weder Geburtstag habe, wir Hochzeitstag feiern oder ein anderer der oben beschriebenen Anlässe im Kalender steht.

»Für dich«, intonierte er inbrünstig, als er mir den Strauß in die Arme drückte. Keine Frage, ich war geschmeichelt. »Die sind aber schön«, hauchte ich, steckte meine Nase tief in die leicht geöffneten Köpfe und sog den intensiven Duft ein. »Und sie duften auch so wunderbar.« Er streckte den Rücken durch, wuchs sichtbar um fünf Zentimeter und sagte mit stolzgeschwellter Brust in vibrierendem Bariton: »Weil ich dich liebe.«

»Und ich liebe dich, mein Bärchen«, antwortete ich und drückte ihm einen dicken Kuss auf den Mund, worauf er diesen Liebesbeweis umgehend in eine leidenschaftliche Variante umwandelte.

Nach ein paar Minuten kamen wir wieder zu Atem und ich ging in die Küche, um die Rosen frisch anzuschneiden und in unsere schönste Vase zu stellen. Dann trug ich sie ins Wohnzimmer, wo ich das Arrangement auf dem dafür vorgesehenen Glastisch platzierte. Als ich an der Stereoanlage vorbeiging, packte ich wie beiläufig die CD ein, die ich am Vorabend ganz zufällig gehört hatte, als er von der Arbeit nach Hause kam. Sie wollen wissen, wie die CD heißt? Als mein Teddybär gestern ins Wohnzimmer kam, sang Hildegard Knef gerade »Für mich soll's rote Rosen regnen«.

Ob das wohl ein Zufall war?

Fußball ist sein Leben

Kommt Ihnen das bekannt vor?

Eigentlich muss ich gar nicht auf den Kalender schauen, um zu wissen, was heute für ein Tag ist, denn mein Mann kramt seit einer halben Stunde hektisch in dem Schrank, in dem sich seine Sportkleidung befindet. Normalerweise ist es ihm völlig egal, was er anhat, und es ist meine Aufgabe, darauf zu achten, dass er dem jeweiligen Anlass entsprechend angemessen angezogen ist. Das einzige Mal in der Woche, dass er eigenständig seine Kleidung heraussucht, ist – am Samstag.

»Was suchst du denn?«, frage ich ihn und kann mir ein leichtes Grinsen nicht verkneifen.

»Hast du mein Trikot gesehen? Ich kann es nirgendwo finden.«

Höre ich da etwa eine leichte Nervosität in seiner Stimme? »Das habe ich gewaschen.«

»Waaas?« Blankes Entsetzen.

»War dringend nötig.«

»Aber da war nichts dran und roch doch auch noch gut!« Seine Stimme klingt verzweifelt.

»Wenn du die Bierdusche vom letzten Pokalspiel meinst, die war noch gut zu riechen«, foppe ich ihn.

»Wo ist es?«

»Hängt im Keller auf der Leine.«

Wie ein ICE rast er die Treppe hinunter. Niemals ist er so schnell, wenn er etwas aus dem Keller holen soll. Dann muss ich dreimal fragen. Sie können sich gar nicht vorstellen, was los wäre, wenn der Fummel jetzt noch nass wäre. Eine mittlere, nein, was sage ich, eine große Katastrophe. Gott sei Dank trocknet die Funktionskleidung von heute ja schnell.

Und so kommt er bedeutend langsamer wieder rauf, als er hinunter gestürmt ist, das Hemd in der Hand. Er befühlt es von allen Seiten.

»Ist trocken.« Aus seiner Stimme klingt die pure Erleichterung.

»Klar. Was dachtest du denn?«

Es gibt diese kleinen Dinge im Leben, mit denen man die Männer einfach ein bisschen necken kann. Fußball gehört definitiv dazu. Die folgenden Stunden bis zum Abmarsch ins Stadion war er intensiv mit der spielvorbereitenden Lektüre im Internet vertieft und für mich nicht mehr ansprechbar.

Nach dem Spiel kam er grummelnd nach Hause, hatte doch der Gegner in der letzten Minute das 2:1 geschossen und damit die dritte Heimpleite in Folge komplett gemacht.

Noch verschwitzt und dreckig von der Gartenarbeit flötete ich: »Hallo Schatz. Wie gefällt dir, was ich hier gepflanzt habe?«

»Nett«, quetschte er heraus, ohne meine kreative Arbeit auch nur eines Blickes zu würdigen, und holte sich ein Bier.

»Ist doch nur ein Spiel«, versuchte ich, ihn zu besänftigen, und setzte mich neben ihn auf unsere Gartenbank, die malerisch unter dem in voller Blüte stehenden Rosenbogen platziert war und jetzt von der Abendsonne so romantisch beleuchtet wurde.

»Ich hab den Kaffee auf. Diesen Gurkenkick gucke ich mir nicht mehr länger an«, grollte er und nahm einen großen Schluck.

»Das hast du in den letzten Wochen schon ein paar Mal gesagt«, gab ich zu Bedenken. »Und trotzdem bist du immer wieder hingegangen.«

»Jetzt ist endgültig Schluss. Ich geh nicht mehr ins Stadion. Und ich kündige meine Dauerkarte. Basta.« Das klang entschieden.

Gesagt, getan, am selben Abend setzte sich mein Mann an den PC und schrieb die Kündigung. Während der nächsten Wochen staunte ich nicht schlecht. Die Samstage und Sonntage verbrachte er bei mir zu Hause, räumte Schränke auf, sortierte Klamotten aus und heftete Papiere ab, alles Dinge, die schon seit Ewigkeiten darauf warteten, erledigt zu werden. Oder er ging ohne Murren mit mir zu unseren Freunden, die nicht so fußballverrückt waren, und wir verbrachten angenehme Stunden, in denen wir über alles Mögliche, aber nicht über das Spiel von zweiundzwanzig Männern fachsimpelten. Gleichwohl überkam ihn immer um viertel nach vier und viertel nach fünf eine leichte Nervosität, die ihn am Smartphone nach den Halbzeit- oder Endergebnissen der Bundesligaspiele schauen ließ. So ganz konnte er sich gedanklich eben doch nicht verabschieden. Da aber der Club seines Herzens eine miserable Saison spielte, zeigte er sich unbeirrt in seinem Vorhaben, den folgenden Heimspielen fernzubleiben. Die Dauerkarte gab er anderen Freunden, die eine höhere Frustrationsschwelle hatten, und sprach mit stolzer Stimme: »Siehst du. Ein Mann, ein Wort.«

Ich nickte anerkennend.

Die Saison ging zu Ende, der Meister stand schon wie in den Vorjahren seit drei Wochen fest, und mein lieber Mann kommentierte süffisant: »Wenigstens sind sie nicht abgestiegen. Und Gott sei Dank haben sie diese Trainerlusche in die Wüste geschickt.« Dann war erst mal Ruhe mit dem Thema Fußball, zumal auch keine Welt- oder Europameisterschaft anstand, und wir freuten uns alle auf den Sommerurlaub.

Der Sommer gab uns mit vielen sonnigen Tagen reichlich Gelegenheit schwimmen zu gehen, und auch während des Urlaubs an der Ostsee, zu dem unsere fast erwachsenen Zwillinge das letzte Mal mitfuhren, wie sie selbstbewusst ankündigten, war Fußball mitnichten ein Thema. Mit jedem weiteren Tag fragte ich mich: Sollte er tatsächlich von dem gefährlichen Virus geheilt sein?

Je näher der September rückte, umso unwilliger wurde er an den Wochenenden. Da fehlte ihm doch etwas? Jeden Tag stöberte er im Netz auf der Seite seines geliebt-gehassten Vereins. Und auch der neue Trainer, der in der Sommerpause jene Mannschaft, der er vor ein paar Wochen noch inbrünstig abgeschworen hatte, auf die neue Saison vorbereitete, fand sein Gefallen. »Guter Mann. Der wird die Kerle schon flottmachen.«

»Ich dachte, du interessierst dich nicht mehr dafür, was die machen.« Ich warf ihm einen Seitenblick zu und musste aufpassen nicht zu grinsen.

Er kratzte sich leicht verlegen am Kopf. »Vielleicht läuft es ja in der neuen Saison endlich besser. Und der neue Stürmer ist eine richtige Granate.«

Aha, das Fieber stieg schon in ihm.

Eine Woche vor Beginn der Bundesliga trug er diese Tüte mit dem verräterischen Logo nach Hause.

»Was hast du denn da gekauft?«

»Das neue Heimtrikot.«

»Aha.«

»Was meinst du mit aha?«

»Nichts.«

»Nichts geht nicht. Also?«

»Hattest du nicht deine Dauerkarte gekündigt?«

»Hm.«

»Was heißt hier hm?«

»Na ja.«

»Also hattest du oder hattest du nicht?«

»Erst ja.«

»Und dann?«

»Hab ich noch mal angerufen.«

»Und?«

»Gesagt, sie sollen die Kündigung vergessen.«

»Ach ne.«

Wieso bin ich nicht gleich darauf gekommen? So eine Fußballliebe rostet nicht, jedenfalls nicht völlig.

Die kriegt zwar mit den Jahren Beulen wie ein altes Auto, aber man gibt das gute Stück nicht einfach ab, so lange es noch tuckern kann.

Eine Woche später, am Samstagmorgen, ich hatte etwas länger geschlafen, holte er in der Früh die Brötchen und deckte den Kaffeetisch. Von unseren Zwillingen war noch nichts zu sehen, die beiden waren erst nach Mitternacht nach Hause gekommen. Und so kam ich an den fertig gedeckten Frühstückstisch. Die weichgekochten Eier liebevoll mit kleinen Mützchen gewärmt, Orangensaft in Gläser gefüllt, die Brötchen dufteten, Käse, Honig und Marmelade waren fachmännisch arrangiert und der heiße Kaffee dampfte in den Tassen.

»Das hast du aber schön gemacht«, lobte ich ihn, der wie ein Oberkellner mit stolzgeschwellter Brust neben dem Tisch stand. »Mm, wie das duftet.«

Mit einem Ausfallschritt zog er galant meinen Stuhl ein Stückchen vom Tisch weg, damit ich leichter Platz nehmen konnte.

»Guten Appetit, mein Schatz!«

»Danke dir«, nickte ich und griff zur Tasse. »Ah, der Kaffee tut gut.«

»Welches Brötchen möchtest du?«

»Das mit den Sonnenblumenkernen.«

»Hier«, sagte er und hielt mir den Korb hin.

Ich musste schmunzeln. Das alles konnte nur eines heißen. Heute Nachmittag würde er ins Stadion gehen.

Er köpfte mit einem entschiedenen Schlag aus dem Handgelenk das weichgekochte Ei.

»Perfekt«, nickte er mit einem Kennerblick auf die Schnittfläche und streute reichlich Salz darauf.

»Dann wird es ein guter Tag«, sagte ich. »Ich habe dein neues Trikot übrigens erst mal durchgewaschen, das roch noch so seltsam chemisch.«

Er sah mich mit vor Schreck geweiteten Augen an.

»Keine Angst. Es ist trocken, du kannst es heute Nachmittag zum Spiel anziehen.«

»Woher weißt du?«

»Ich wäre nicht deine Frau, wenn ich das nicht wissen würde«, erwiderte ich.

»Gut, dass die Sommerpause endlich vorbei ist«, sagte er und biss herzhaft in sein Brötchen.

Rot oder Schwarz

Rot oder Schwarz – das kann eine Frage von existenziellem Ausmaß sein.

Sie denken jetzt möglicherweise an die Politik, in der es früher die entscheidende Frage war, Rot oder Schwarz zu wählen. Dann kam noch ein bisschen Gelb hinzu, wahlweise mit roten oder schwarzen Punkten, je nachdem, mit wem die Gelben gerade eine Regierung bilden wollten. Nein, meine lieben Leser und Leserinnen, hier geht es nicht um Politik. Zumindest nicht um die Große, aber dazu später mehr.

Rot oder Schwarz kann auch entscheiden über Gewinnen oder Verlieren, über Reichtum oder Totalverlust, wenn man Roulette spielt. Aber nein, unsere Familie gehört nicht zu denen, die ins Spielcasino gehen und alles auf eine Farbe setzen.

Rot oder Schwarz wurde zu einer alles entscheidenden Frage, als mein Teddybär und ich langsam, aber unaufhörlich auf ein besonderes Datum unseres Zusammenlebens zusteuerten, das allgemein mit der Überschrift *Silberhochzeit* versehen wird.

Silberhochzeit – ein Meilenstein für Paare, weithin anerkannter Beweis, dass man es geschafft hat, fünfundzwanzig Jahre tagaus, tagein, mal zusammen, mal getrennt, mal miteinander, manchmal auch gegeneinander, auf jeden Fall aber mutig und unverdrossen durchs Leben zu gehen.

Schon ein Jahr vorher wird man von Freunden und Bekannten, aber auch von so ziemlich jedem Familienmitglied, erst dezent, dann, mit zunehmendem Fortschreiten der Zeit, mehr und mehr deutlich darauf hingewiesen, was man denn aus diesem Anlass gedenke zu veranstalten. Dabei erwartet jeder eine große Feier für die Gäste, also für die anderen, obgleich es doch eher ein Anlass für uns sein sollte. Eines ist jedenfalls klar, vergessen kann man das Datum keinesfalls, dafür sorgen die lieben Menschen um einen herum.

Es war mal wieder an einem Sonntag, als eine Diskussion ihren Anfang nahm, die uns noch die nächsten Monate beschäftigen sollte und am Ende in der eingangs beschriebenen Frage gipfelte: Rot oder Schwarz?

Mein Göttergatte blätterte höchst konzentriert in einer Zeitschrift, die monatlich dem gemeinen Autofahrer beste Tipps in allen Lebenslagen seines Fahrerlebens gibt, während ich eine Liste anfertigte, wen wir einladen mussten, sollten wir dem Drängen unserer reizenden Mitmenschen nachgeben und eine große Party feiern.

»Eigentlich könnten wir uns mal was gönnen«, sprach mein Teddy, ohne den Blick von seiner Lektüre zu heben.

Der Satz klang zunächst unverfänglich. Warum sollten wir uns nichts gönnen? Aber verdächtig war, dass der Satz von ihm kam. Normalerweise, wenn ich diesen Satz aussprach, kam postwendend von ihm: »Der ist doch noch gut.« Dann hatte ich vorgeschlagen, dass er sich entweder einen neuen Pulli oder einen Mantel kaufen sollte. Oder alternativ: »Die ist doch noch gut. Brauche ich nicht.« Sie ahnen es schon, ich hatte ihm gerade empfohlen, eine neue Hose oder Jacke zu erwerben. Solche Dinge waren ihm ein Gräuel. Es endete immer damit, dass ich ihn entweder in die Stadt zerrte, oder, so in den letzten Jahren, etwas online bestellte, das er zu Hause anprobierte. Passte es, ließ er sich wesentlich leichter überzeugen, das neue Stück zu behalten, befand es sich doch bereits in unserem Haus. Ein Hoch auf die digitale Neuzeit!

Aber jetzt sprach *er* diesen Satz aus. Ich spielte auf Zeit, antwortete nicht und wartete ab, was als Nächstes kam.

»Zur Silberhochzeit, das wäre der richtige Zeitpunkt«, ergänzte er seinen kryptischen Vorschlag.

Zur Silberhochzeit war sicher ein Zeitpunkt alles Mögliche zu machen. Aber was zum Teufel führte er im Sinn? Da ich ihm jedoch immer noch nicht antwortete, sondern stur an meiner Einladungsliste arbeitete, musste er langsam die Katze aus dem Sack lassen. So geht Taktik!

»Unser Alter hatte in letzter Zeit immer häufiger Mucken«, sagte er, als ob er beichten müsse.

Unser Alter? Um wen ging es hier bloß? Hatte ich mich über irgendetwas oder irgendwen beklagt? Ich konnte mich beim besten Willen nicht erinnern.

»Hast du das nicht auch festgestellt?«

Was in Dreiteufelsnamen sollte ich bemerkt haben? Er blätterte in seiner Zeitschrift wieder zurück, und es kam wie eine Erleuchtung über mich. Vor einer Woche hatte unser Nachbar, der schon in vier Monaten das silberne Fest mit seiner Gattin feiern wollte, erzählt, dass sie sich ein neues Auto bestellt hätten, welches pünktlich zum Jubiläum vor der Tür stehen würde.

»Du meinst, wir brauchen ein neues Auto?«

»Super, dass du das auch sagst«, frohlockte er und überging die feine sprachliche Differenz zwischen unseren Aussagen.

»Aber der Alte ist doch noch gut«, foppte ich ihn.

Umgehend kam seine Replik: »Aber der hat ja schon über zweihundertfünfzigtausend Kilometer gefahren.« Die Zahl stand fettgedruckt im Raum.

Jeder Autofahrer weiß, dass es kein besseres Argument gibt, einen neuen fahrbaren Untersatz kaufen zu müssen.

Jetzt war das Thema also auf dem Tisch, und der Nachbar war schuld, so viel war klar. Ich konnte mich noch gut an das letzte Mal erinnern, als wir unser altes Schätzchen, das ich über alles liebte, abgaben und gegen einen damals supermodernen Flitzer ersetzten. Mehr Power, mehr Geschwindigkeit, mehr Platz, mehr von allem, aber wenig alte Gefühle. Ich vergoss etliche Tränen als unser erstes Auto aus meinem Blickfeld entschwand und konnte mich nur schwer an den Neuen gewöhnen. Mein Teddy, der seinerzeit noch ein sportliches Bärchen war, hatte mich während des komplizierten Auswahlprozesses zuvor schon mit den Worten getröstet: »Die Farbe suchst du dann aus.«

Als ob die Farbe das Wichtigste an einem Auto wäre. Glauben Männer, dass Frauen keine Ahnung von Technik haben? Dass wir nur von Farbe etwas verstehen? Egal, damals hatte ich noch andere Dinge im Kopf, und, um des lieben Friedens willen, hielt ich mich aus technischen Diskussionen heraus und gab am Schluss meinen Farbwunsch zum Besten, so dass er mit Fug und Recht behaupten konnte, dass wir das Auto gemeinsam ausgesucht hatten.

Jetzt wollen Sie sicher wissen, was für eine Farbe ich damals ausgesucht habe? Mein Bärchen hatte, wie die meisten Männer, Schwarz im Sinn, aber, als Frau muss man da schon aus Prinzip etwas anderes wählen. Also suchte ich Blau aus. Ein leuchtendes, elegantes Blau, mit dem er sich mit der Zeit anfreundete, bis er sogar nach einigen Jahren zugab, dass es bedeutend leichter war, ein blaues Auto in einem Heer von schwarzen auf einem vollbesetzten Parkplatz zu finden.

Mittlerweile war mir der blaue ans Herz gewachsen, und jetzt sollte ich mich wieder von ihm trennen. Na ja, vielleicht hatte er doch Recht. Ab und an muckte er schon, aber das hatte ich meinem Teddy bisher nicht gebeichtet. Frauen gaben nicht so leicht auf und außerdem gewöhnen wir uns daran, dass mit höherem Alter eben nicht alles perfekt läuft.

»Schau mal hier, wie findest du *den*?« Er hielt mir die Zeitschrift hin, um mir seinen Favoriten zu präsentieren.

Das war der Beginn einer Diskussion, welche die kommenden Wochen und Monate andauern sollte. Ab und an machte er Ausflüge zu diversen Autohäusern, um Modelle Probe zu fahren oder sich ein Fahrzeug live anzuschauen. Ich ließ ihn gewähren. Meine Erfahrung hatte mich gelehrt, ihn in dieser Phase möglichst wenig mit eigenen Ideen und Vorschlägen zu irritieren. Das würde den Auswahlprozess nur unnötig komplizieren. Bevor er seine Tour durch die Autohäuser startete, hatte ich ihm eine Liste mit zehn Punkten gegeben. Zehn klitzekleine Dinge, die ich für wichtig oder unverzichtbar hielt, ansonsten hatte ich ihm freie Hand gelassen.

Nach etlichen Wochen – unsere Freunde, Familie und Nachbarn hatten die Planungen längst spitzgekriegt – kam er mit einer Liste an, auf der noch fünf Modelle verblieben waren und zur finalen Auswahl standen. Natürlich nicht vom selben Hersteller, das wäre ja viel zu simpel. Stolz präsentierte er mir seine Vorauswahl.

»Hier Schatz, die habe ich schon mal selektiert. Das war vielleicht eine Arbeit«, stöhnte er und sah mich mit einem Mitleid heischenden Dackelblick an.

Na klar, das hatte er nur höchst ungern gemacht. Autos angucken, fachsimpeln über Technik, Probe fahren, das waren Ausflüge, als ob er in einem Straflager Steine wälzen musste.

»Mein armer Teddy«, sagte ich und überflog seine Liste. Meine Kriterien, die ich ihm genannt hatte, waren nicht so hundertprozentig erfüllt.

»Hm, das eine oder andere, was ich dir genannt habe, fehlt aber bei dem einen oder anderen«, wandte ich ein.

»Man kann im Leben nicht alles haben«, philosophierte er. »Aber es sollte etwas für uns dabei sein.«

Jetzt hieß es, taktisches Geschick zu beweisen. »Ich schau mir alle in Ruhe an. Gib mir etwas Zeit.«

»Aber sicher doch«, sprach er mit Erleichterung in der Stimme.

»Einen einzigen Wunsch habe ich, mein Teddybärchen«, sagte ich ihm und drückte ihm einen Kuss auf die Backe.

»Alles, was du willst, mein Schatz.«

»Ich möchte die Farbe aussuchen.«

»Aber nicht wieder Blau.«

»Du hast gesagt, alles, was ich will.«

Er stutzte kurz, nickte dann aber entschieden. Ein Mann, ein Wort eben.

In den nächsten Wochen entfaltete ich ungeahnte Aktivitäten. Heimlich suchte ich die Autohäuser auf, sah mir die Autos an, die er in die Vorauswahl genommen hatte, fuhr Probe, fachsimpelte mit den Verkäufern und plante meinen Feldzug wie ein erfahrener Politiker – kein Wunder, nach knapp fünfundzwanzig Jahren Ehe. Selbstverständlich kannte ich seinen Favoriten. Der stand auf Rang eins in der Liste, wie sollte es auch anders sein. Ich überprüfte, wie ich meine Wünsche am besten realisieren konnte. Nach einem Monat, in dem er mich von Zeit zu Zeit fragte, ob ich mir denn schon Gedanken zu dem neuen Auto gemacht habe, teilte ich ihm mit, dass ich zu einem Entschluss gekommen sei.

»Und?« Er platzte fast vor Neugier.

»Sie sind alle wirklich gut«, stellte ich fest.

»Sag ich doch«, erwiderte er und strahlte.

»Der Erste sieht besonders klasse in rot aus«, stellte ich fest.

Er schluckte, sah mich an und schluckte wieder. »Rot?« Seine Gesichtsfarbe näherte sich rapide meinem Farbvorschlag an.

»Ich finde rot einfach klasse. Jetzt, wo wir so lange blau hatten.«

»Ich dachte, wir nehmen mal schwarz. Das sieht immer kraftvoll aus.«

»Schwarz hat jeder.«

»Nicht jeder. Oder weiß. Das sieht elegant aus. Weiß ist im Kommen.«

»Weiß ist ein Vertreterauto. Du bist doch kein Handelsreisender.«

Vertreter war er nicht, ergo schied weiß aus.

»Und schwarz hat alle Welt. Wir sind nicht alle Welt.«

Das saß. Niemals hätte er zugegeben, dass wir wie alle Welt oder gar beliebig sein würden.

»Richtig, Bärchen?«

»Stimmt, mein Schatz«, pflichtete er mir bei, doch seine Stimme hatte merklich an Schwung eingebüßt.

»Da gibt es eine Sportversion in einem tollen rot. Wäre das nichts?«

Er horchte auf. Sport klang wie Musik in seinen Ohren. Ich zeigte ihm den Prospekt, den ich mitgebracht hatte. In dem hatte ich markiert, welche Motorvariante und Ausstattung in Frage kämen.

»Wir sollten es beim Händler nochmals gemeinsam besprechen. Am besten gleich morgen.«

Mit so viel Aktionismus hatte ich ihn glatt überrumpelt. »Wie du willst, Schatz.«

Gesagt, getan. Am nächsten Tag trafen wir an besagtem Autohaus ein und wie zufällig stand dort ein Gefährt, das genau meinem Vorschlag entsprach.

»Ein außerordentlich sportliches Auto für Sie, mein Herr«, sagte der Verkäufer. »Das passt perfekt zu Ihnen.« Autoverkäufer sind immer gute Politiker.

»Aber in rot?« Der Zweifel in der Stimme meines Mannes war nicht zu überhören. Nach seiner Ansicht war rot eine Autofarbe für Frauen, aber keinesfalls für Männer.

»Den müssen Sie einfach in rot nehmen. Das ist wie bei einem Ferrari. Den nimmt man auch in keiner anderen Farbe.«

Das war das perfekte Argument. Welcher Mann träumte nicht von einem Ferrari? Jetzt hieß es, Nägel mit Köpfen zu machen.

»Du hast mir versprochen, dass ich die Farbe auswählen darf«, erinnerte ich ihn.

»Eine hervorragende Wahl, meine Dame«, sagte der Verkäufer und kniff mir ein Auge zu.

Mein Gatte ergab sich in sein Schicksal. »So soll es sein.«

»Und alle anderen Extras, die Sie wollten, hat er ebenfalls. Er wäre ein tolles Auto zu Ihrer Silberhochzeit.«

Mein Teddybär schaute mich irritiert an. »Du warst hier?«

Ich zuckte mit den Schultern.

»Und hast den so ausgesucht?«

Erneutes Schulterzucken.

»Und mir nichts gesagt?«

»Schatz, ist es ein tolles Auto oder nicht?«

Er nickte lahm.

»Wollten wir uns zur Silberhochzeit nicht mal was gönnen oder hab ich das falsch in Erinnerung?«

Er nickte, aber ein leichtes Lächeln huschte über sein Gesicht.

»Möchtest du ihn lieber in Schwarz oder in Ferrari-Rot?« fragte ich ihn.

Er stutzte. Im Sonnenschein leuchtete das rot wie pure Magie.

Er grinste. »Selbstverständlich in rot.«

Der Hund

Welcher weibliche Familienvorstand, ausgestattet mit einer gehörigen Portion Fürsorge, Verantwortungsbewusstsein und Weitsicht, kennt ihn nicht, diesen Moment, in dem der Nachwuchs, gleich welchen Geschlechts und Alters, mit großen Augen und treuem Blick je nach Temperament flüstert, sagt oder ruft: »Ich möchte einen Hund!«

Ich erinnere mich noch genau, es war einige Wochen vor dem achten Geburtstag unserer Zwillinge, als diese während der erholsamen Ruhe des Samstags-Frühstücks unisono ihr Anliegen vortrugen: »Mama, Papa. Wir möchten einen Hund.«

Mein Teddybär sah von der Sportseite der Zeitung auf, ich wandte meine Augen von der Politik ab. Wir sahen uns an. Und schüttelten ohne jegliche Absprache in einer Art Geheimcode die Köpfe.

»Ihr seid zu jung«, sagte mein Mann.

»Wenn ihr einen Hund wollt, müsst ihr Verantwortung für ihn übernehmen«, pflichtete ich ihm spontan bei.

Mit dem treuesten Dackelblick, den man sich vorstellen kann, sahen uns die beiden an. Der Ältere, der ein Mehr an Lebenserfahrung von zwanzig Minuten vorweisen konnte, ergriff das Wort.

»Wann sind wir denn alt genug?« Eine kniffelige Frage, und noch dazu taktisch perfekt getimt.

Innerlich zollte ich ihm Anerkennung. Er versuchte uns festzunageln. »Das kann man nicht an einem bestimmten Alter festmachen«, antwortete ich ihm ausweichend, ganz die diplomatische Politikerin.

»Das kommt auf eure Entwicklung an«, ergänzte Vater. Unsere stumme Absprache klappte an jenem Morgen reibungslos.

»Und ungefähr?« Der Journalist bohrte nach.

»Na so zehn oder zwölf«, sprach der Vater.

Jetzt war es raus. Klarer Fall von taktischem Fehler. Nicht, dass wir nicht die Sehnsucht unserer Zwillinge verstanden, hatten wir uns beide doch in ihrem Alter ebenfalls nichts sehnlicher als einen Hund gewünscht. Aber ein richtiger Hund fängt nach unserem Verständnis bei einer Schulterhöhe von mindestens 40 Zentimeter und einem Gewicht von 20 Kilogramm an. Schließlich sollte *er uns* und nicht *wir ihn* beschützen. Und mit einem solchen Modell sind Kinder unter zwölf Jahren schlichtweg überfordert. Das hieß warten für unsere Jungs.

In regelmäßigen Abständen brachten die beiden das Thema vor, üblicherweise samstags zum Frühstück, sozusagen als Eröffnung des Wochenendprogramms in Sachen Diskussion. Eigentlich war es mehr eine Debatte. Jeder trug seinen Standpunkt vor, dann herrschte eine Pause. Meist endete die abschlägige Beurteilung ihres Anliegens mit dem Versprechen, etwas zu unternehmen, damit der Wochenendfrieden ungestört blieb. Aber ein halbes Jahr vor dem zwölften Geburtstag gab es kein Entrinnen.

Ich merkte es schon an der angespannten Atmosphäre am Tisch, als wir endlich alle Platz genommen hatten und jeder sein Brötchen aufschnitt. Wie auf Kommando legten die Zwillinge ihr Werkzeug auf den Teller, räusperten sich und sprachen synchron und perfekt einstudiert: »Wir möchten einen Hund. In sechs Monaten sind wir alt genug, um uns um ihn zu kümmern.«

Vater zog die Augenbrauen hoch. »Ihr meint, ihr könnt euch um ihn kümmern?«

»Klar doch. Wir gehen mit ihm Gassi«, sagte der Ältere, und der Jüngere fiel ein: »Und füttern tun wir ihn auch.«

Mein Teddy und ich sahen uns an und wussten ohne Worte, dass heute der entscheidende Tag war, freuten wir uns doch insgeheim auch beide auf einen Hund. Unser Chor war kurz und knapp: »Einverstanden.« Dieses eine Wort wurde mit einem Jubelschrei quittiert, den wahrscheinlich alle in der Straße hörten. »Juchhu!« »Ein Hund, ein Hund!« Loriot hätte es nicht besser inszenieren können.

»Wir müssen jetzt Familienrat halten«, sagte ich. »Und überlegen, welche Rasse es sein soll.«

Diese Frage beschäftigte unsere Familie die nächsten Monate in jeder freien Minute, bis die Jungs die magische Altersgrenze erreichten. Dann hatten wir uns geeinigt. Nach wochenlangem intensiven Studium aller Informationen im Internet und Wochenendausflügen mit Besichtigung von Züchtern und Elterntieren in unserem und anderen Bundesländern, trafen wir eine einstimmige Entscheidung. Wir wollten einen Airedale-Terrier. Lustig und verspielt bis ins hohe Alter konnte er die Familie schützen und Haus und Hof bewachen und sogar ausgebildet werden zum Spür-, Rettungs- und Polizeihund. Also ein Hund für jede Lebenslage. Aber die nächste Frage schloss sich sofort an: sollte es ein Weibchen oder ein Rüde sein? Mein lieber Ehemann plädierte für einen Rüden – warum war ich nicht überrascht? Ich glaube, dass jeder männliche Familienvorstand einen Rüden möchte.

»Der beschützt uns am besten«, argumentierte er.

»Wenn du dich da mal nicht täuschst«, hielt ich dagegen. »Weibchen verteidigen ihre Familie bis zum Äußersten«, sprach ich inbrünstig.

»Woher willst du das wissen?« Er klang skeptisch.

»Eine Frau weiß das eben.«

Es half nichts, er wollte einen Rüden, ich ein Weibchen, also stand es 1:1. Und unsere Jungs? Denen war diese Diskussion eigentlich egal. Und so machte sich unsere Familie auf, um den Nachwuchs des ausgesuchten Züchters zu begutachten.

Haben Sie schon mal Welpen angeschaut? Wenn ja, dann wissen Sie, es ist immer Liebe auf den ersten Blick. Die tapsigen Kleinen sind so süß, dass jeder sie sofort in sein Herz schließt. Kein Mensch kann sich diesen charmanten Bündeln entziehen, und immer ist es unweigerlich um einen geschehen. Gut, dass wir schon vorher die grundsätzliche Entscheidung getroffen hatten, jetzt mussten wir nur noch aussuchen. Mein Teddybär favorisierte vom ersten Moment an den größten und dicksten, es war der erstgeborene Rüde, ein tapsiges flauschiges Etwas, das in aller Seelenruhe am Zeigefinger meines Mannes nuckelte. Ich verliebte mich sofort in ein forsches und neugieriges Mädchen, das putzmunter mit jedem von uns Kontakt aufnahm und nach einer Viertelstunde mir nicht mehr vom Fuß wich. Wenn das kein Zeichen war!

Ach ja, unsere Zwillinge waren ja auch bei der Besichtigung dabei. Sie konnten sich gar nicht entscheiden, hätten am liebsten alle acht Welpen mitgenommen. So besprachen wir mit dem Züchter, dass wir die Entscheidung vertagen und zu Hause in Ruhe überlegen wollten. Bei der Verabschiedung am Auto flüsterte ich zum Züchter: »Können Sie mir das kleine Mädchen reservieren?«

Er grinste und nickte. »Geht klar. Gleiches Recht für alle.«

Ich war leicht irritiert. »Wie meinen Sie das?«

»Na, Ihr Mann hat schon Moppel reserviert.«

Zu Hause wurde in den nächsten Stunden und Tagen heiß diskutiert und nachdem wir Erwachsenen einhellig die Übernahme des gesamten Wurfes von acht Welpen kategorisch abgelehnt hatten, gab es nur noch ein Thema. Moppel oder flinke Biene. Eine existenzielle Frage Shakespeare'schen Ausmaßes. Ich bekam für meine Favoritin flinke Biene Verstärkung von unserem Jüngeren, mein Mann für seinen Moppel von dem Älteren. Es blieb beim Un-

174

entschieden – 2:2. Keiner von uns vieren bewegte sich. Wir hatten uns in eine Sackgasse manövriert. Ein Machtwort sprechen? Bei so einer Herzensangelegenheit? Das wäre ein schlechter Start für den Hundenachwuchs in unserer Familie. Die Diplomatin in mir meldete sich zu Wort.

»Wir lösen das jetzt demokratisch.«

»Wie willst du das demokratisch lösen?« Mein Ehemann kratzte sich am Kopf.

»Wir machen Folgendes«, sagte ich, »jeder von uns vieren schreibt auf einen Zettel, wie er das Problem lösen möchte, und zwar so, dass niemand enttäuscht wird. Und dann schauen wir gemeinsam nach, was für Vorschläge auf den Zetteln stehen.«

»Was soll das bringen?« Mein Teddy schüttelte verständnislos den Kopf. »Ihr Frauen habt manchmal komische Ideen.«

»Lass mich mal machen«, sprach ich. Natürlich hatte ich eine Idee im Kopf, von der ich hoffte, dass die anderen drei sie auch haben würden. Doch ich wollte sie nicht vorschlagen, um nicht allein die Verantwortung für diese weitreichende Entscheidung zu übernehmen.

So schrieb jeder für sich einen Lösungsvorschlag auf einen Zettel. Es war wie eine geheime Abstimmung. Unsere Jungs verkrochen sich in ihrem Zimmer, mauerten sich mit Taschen auf dem Schreibtisch ein und passten peinlich genau auf, dass der eine nicht sehen konnte, was der andere schrieb. Ich ging in die Küche, und mein Mann ins Wohnzimmer, um die Lösung der verfahrenen Situation zu finden. Dann trafen wir uns im Esszimmer, jeder warf seinen zusammengefalteten Zettel in den Brotkorb und wir vier starrten auf den Korb, als wäre Weihnachten. Man konnte die Spannung wahrlich knistern hören. Vater griff schließlich als erster hinein, zog einen Zettel, entfaltete ihn feierlich, stutzte und las laut vor: »Biene *und* Moppel.«

Er schaute hoch und grinste unseren Jüngsten an: »Das warst du.«

»Ja, Papa, das wäre doch das Beste. Dann ist keiner von uns enttäuscht.«

Ich zog den nächsten Zettel aus dem Korb, auf dem stand: 2 Hunde. Ich präsentierte meinem Mann das Stück Papier: »Das warst du, nicht wahr?«

»Stimmt«, sagte er und grinste.

Mein Ältester schnappte sich das vorletzte Blatt, las und rief: »Hier steht auch *beide* Hunde! Danke, Mama!«

Ich schmunzelte und nickte unserem Junior zu: »Lies den letzten Zettel vor.«

Er tat wie geheißen, es konnte nur noch das Votum seines Bruders sein. »Moppel *und* Biene.«

Wir sahen uns alle mit leuchtenden Augen und lachenden Gesichtern an.

»Ich würde sagen, das ist ein einstimmiges Votum. Wir nehmen beide, Moppel und Biene«, verkündete ich das Ergebnis der Wahl.

Die Jungs sprangen auf und rasten jubelnd durch das Haus.

Mein Teddy sah mich lange an. »Das hast du von Anfang an geplant, was? Oder vorausgeahnt, nicht wahr?«

»Gewiss. Es war ja eigentlich auch die einzig logische Lösung. Aber ich wollte, dass jeder von uns persönlich diese Entscheidung frei und unbeeinflusst trifft und damit auch verantworten muss. Und wie schön, dass wir alle derselben Meinung sind. Ein wahrhaft seltener Moment.«

»An dir ist wirklich eine Politikerin verloren gegangen«, sagte der liebste Ehemann von allen und drückte mir einen dicken Schmatz ins Gesicht.

Ab in die Berge

»Wir sollten mal was Neues ausprobieren«, sagte mein Mann.

Ich traute meinen Ohren nicht. Hatte er das wirklich gesagt? Prompt hatte ich mich bei der E-Mail vertippt. Mein Göttergatte, Inbegriff des Hüters der Tradition in unserer Familie, schlug vor, etwas Neues auszuprobieren. Er, der bei jeder Gelegenheit erklärte, wir müssten doch nichts ändern in und an unserem Leben, alles sei gut so, wie es seit einer gefühlten Ewigkeit laufe. Dieser Mann, dem ich vor mehr als einem Vierteljahrhundert den Zuschlag fürs Leben gab, wollte plötzlich etwas Neues ausprobieren. Was war in ihn gefahren? Ich linste über den Monitor meines Laptops und suchte in seinem Gesicht nach Hinweisen, die diese mysteriöse Ankündigung erhellen könnten, doch er saß mit einem Pokerface in seinem Lieblingssessel, vor der Brust das Tablet, auf dem er die digitale Ausgabe unserer Sonntagszeitung las.

»Und an was hast du gedacht?«

»Seit Ewigkeiten reisen wir im Urlaub an die See. Wir könnten nächstes Jahr doch mal in die Berge fahren.«

Ein wahrlich überraschender Vorschlag aus seinem Mund, hatte ich doch meinen Teddy bisher weder als Wanderfreund und schon gar nicht als Kletterkünstler im Hochgebirge kennengelernt.

»Wie kommst du drauf?« fragte ich und schickte die E-Mail ab.

»Hier schau mal«, präsentierte er mir die Urlaubsseite in der Sonntagsausgabe. Dort prangten auf einem atemberaubenden Panoramabild in schönstem Sonnenlicht die Berge der Sellagruppe.

»Südtirol?«

»Sieht toll aus, nicht wahr?«

»Das tut es. Du möchtest also nächsten Sommer wandern?«

»Warum denn nicht? Wäre doch mal eine nette Abwechslung.«

»Bisher hast du mir erfolgreich verheimlicht, dass du ein passionierter Wanderer und Bergsteiger bist.«

»Man muss mal was Neues ausprobieren.«

Die Sache kam mir unheimlich vor. Jahrelang hatte er von Strand, Sonne und der Luft an unserer Nord und Ostseeküste geschwärmt, und jetzt wollte mein Flachlandtiroler plötzlich in die Höhe? Was war bloß passiert? Meine ungewohnte Sprachlosigkeit verwirrte ihn und er legte nach.

»Ein bisschen Bewegung tut uns sicher gut. Gerd hat das auch gesagt.«

Aha, daher wehte der Wind. Sein Fußballkumpel Gerd war wie jedes Jahr mit seiner Frau wandern. Offensichtlich hatte er meinen Teddy während eines gemeinsamen Nachmittags im Fußballstadion davon überzeugt, dass Bewegung oder gar Sport, den man selber ausführt und nicht nur als Fan begleitet, der Gesundheit zuträglich sein kann. Mir war dies bisher

179

noch nicht gelungen, aber der Prophet im eigenen Hause zählt ja bekanntermaßen nicht viel. Zum besseren Verständnis sollten Sie wissen, dass Gerd höchstens zwei Drittel des Kampfgewichts meines Bärchens auf die Waage bringt.

»Da solltest du aber vorher trainieren, damit wir das auch schaffen.«

Er hatte meinen Einwand vorhergesehen und wartete mit einem klaren Plan auf. »Wir könnten an den Wochenenden schon mal ein paar Ausflüge ins Sauerland machen.«

»Soso«, sagte ich. »Du meinst, dass ein- oder zweimal im Sauerland herumspazieren genug Vorbereitung ist, um zum Grödner Joch zu klettern?«

»Meinst du *nicht*?«

Manchmal konnte er herrlich naiv sein. Aber seine Augen leuchteten wie die unserer Jungs, als die noch klein waren und sich auf Weihnachten freuten. Sollte ich ihm das mit meinen Bedenken vermiesen? Im Stillen freute ich mich ja auch auf eine Abwechslung. Die Sache war also abgemacht, im nächsten Sommer würden wir in die Berge fahren.

In den ersten Monaten des neuen Jahres schleifte ich ihn in den örtlichen Fitnessclub. Eine Grundfitness konnte nicht schaden. Dann folgten ab Mai drei Wochenenden im Sauerland, zusammen mit Gerd und Petra. Für uns legten die beiden geübten Wanderer ein gehöriges Tempo vor.

»Macht mal langsam«, sagte ich, »wir müssen uns erst eingewöhnen.«

Aber auch langsam war für uns und vor allem für meinen Göttergatten schon eine ordentliche Herausforderung. Wie sollte das erst in Südtirol werden?

Der erste Urlaubstag brach an, und nach einer mehr als zwölfstündigen Anfahrt, die durch unzählige Staus unerbittlich in die Länge gezogen wurde, erreichten wir erschöpft unser Domizil. Vom Fenster aus konnten wir das herrliche Bergpanorama in der untergehenden Abendsonne bewundern. Doch in mir keimte die bange Frage auf, wie wir es dort hinaufschaffen sollten?

Der Wettergott half. Am nächsten Morgen regnete es Bindfäden. Mein Teddy stand am Fenster und schüttelte verzweifelt den Kopf.

»Gestern schien doch noch die Sonne. Wieso regnet es jetzt plötzlich?«

»So ist das nun mal in den Bergen, da kann das Wetter leider sehr schnell umschlagen«, wusste ich aus Petras Erzählungen.

»Na ja, dann wird bestimmt auch bald wieder die Sonne scheinen. Das kennen wir ja von der See«, sagte mein Mann hoffnungsvoll.

Wir warteten. Den ganzen Vormittag regnete es. Den Nachmittag auch. Am Abend wurde der Regen stärker, und in der Nacht peitschte der Wind den Regen so heftig an die Fensterläden, dass wir kaum schlafen konnten.

Am nächsten Morgen schaute mein Mann aus dem Fenster und konstatierte mit grimmiger Stimme: »Es plästert ja immer noch.«

»Wir könnten trotzdem einen kleinen Spaziergang ins Städtchen machen«, schlug ich vor. »Ein bisschen Luft schnappen.«

Wir liefen ohne Eile ins Städtchen, das eher einem Dorf glich, schauten uns die Schaufenster der drei Läden an und kehrten schließlich im einzigen Gasthaus ein. Das Essen war lecker und hellte unsere Stimmung deutlich auf.

Als wir abends zu Hause ankamen, sagte mein Mann: »Morgen soll das Wetter besser werden.«

In der Früh rissen wir gleichzeitig die Fensterläden auf und sahen – nichts. Es war so dichter Nebel, dass man nicht einmal die Wiese vor unserem Haus sehen konnte.

»Was ist denn das für eine Waschküche?«, fragte er verzweifelt.

Ich musste ihm Hoffnung machen. »Vielleicht ändert sich das Wetter gegen Mittag.«

»Meinst du?«

»Wir werden sehen.«

Doch mittags war der Nebel genauso dick wie am Morgen, und auch am Abend hing die Suppe noch im Tal. Mein Teddy stand sehnsüchtig am Fenster. »Oben ist es vielleicht besser.«

»Das hilft uns nicht. Wir kommen bei dem Wetter nicht rauf.«

Die folgenden Tage erlebten wir einen wenig abwechselnden Mix aus Dauerregen, Nebel und starkem Wind. Das Dorfgasthaus wurde zu unserer zweiten Heimat und ich machte mir langsam Sorgen, wenn ich an den Moment der Wahrheit dachte, in dem wir zu Hause auf unsere Badezimmerwaage steigen würden. Sportlich wandern und dabei ein wenig abnehmen, wie mein Teddy es vorgehabt hatte? Das konnten wir für diesen Urlaub vergessen!

Aber dann, am vorletzten Tag: Strahlender Sonnenschein und ein azurblauer Himmel auf dem eine einzelne, klitzekleine strahlendweiße Wolke dekorativ prangte. Ein Bild wie auf den Postkarten, die wir zwischenzeitlich geschrieben hatten, die aber, zumindest was das Wetter anging, den Daheimgebliebenen keinesfalls die Wahrheit erzählten. Ein Tag wie gemalt für eine perfekte Wanderung.

»Endlich! Heute können wir rauf!« Er schrie es fast heraus vor Freude.

Wir packten ordentlich Proviant und Wasser ein und marschierten los. Es ging besser, als ich erwartet hatte. Unsere Trainingsausflüge mit Gerd und Petra machten sich wohl doch bezahlt. Aber je höher wir kamen, umso langsamer wurden wir.

»Wie weit ist es noch?« fragte ich.

»Wir sind hier.« Er blickte auf die Wanderkarte und wies mit dem Zeigefinger auf eine Stelle, die erschreckend weit von unserem Zielpunkt entfernt lag. »Wir haben knapp die Hälfte.«

»Erst?«

»Sieht so aus.«

»Ich könnte eine Abkühlung gebrauchen.«

»Ein Bad in einem See wäre jetzt nicht schlecht.« Er studierte die Karte. »Dort müssten ein Wasserfall und ein See sein. Sollen wir hier abbiegen und dorthin wandern?«

»Wasser hört sich verlockend an. Machen wir«, stimmte ich zu.

Nach einer ausgiebigen Trinkpause schlugen wir an der nächsten Weggabelung die Richtung zum Wasserfall ein. Mein Mann wies auf ein kleines verwittertes Holzschild. »Nur zwei Kilometer. Das schaffen wir.«

Ich nickte und wir gingen weiter. Nach einiger Zeit wurde der Pfad immer steiniger und unwegsamer, bis ich schließlich stehen blieb.

»Sind wir noch richtig? Ich kann keinen Weg mehr erkennen.«

»Ich denke schon. Hörst du nicht was rauschen?«

Wir standen still und lauschten angestrengt.

»Ich glaube ja«, sagte ich schließlich und hoffte, dass nicht nur der Wunsch der Vater meines Sinneseindrucks war.

»Also weiter. Da lang«, sprach mein Mann und schritt voran.

Ich weiß nicht, wie viele Kilometer wir schon gelaufen waren, aber meine Füße fühlten sich an, als ob sie aus den Wanderschuhen platzen würden.

»Wie weit ist es noch?«

»Ich weiß nicht.« Seine Antwort klang jämmerlich.

»Mir tut langsam alles weh. Dir nicht?«

»Hm.« Er presste die Lippen zusammen.

Wir lauschten wieder. Kein Zweifel, da rauschte etwas. Aber wo?

»Das muss der Wasserfall sein«, sagte er. »Bestimmt müssen wir nur da vorn um den Felsen gehen, dann haben wir ihn vor uns.«

Wir tapsten um die Kehre, aber kein Wasserfall. Nur Rauschen.

»Das kann doch nicht sein. Ich hab ihn doch gehört.« Die senkrechte Falte zwischen seinen Augenbrauen vertiefte sich. »Jetzt latschen wir schon eine halbe Ewigkeit hier auf diesem blöden Berg herum und es ist immer noch nichts von dem verdammten Wasser zu sehen.«

»Bestimmt ist es nicht mehr weit«, versuchte ich ihn zu beruhigen.

Vor uns lag ein Abhang mit Geröll. Weit und breit kein Weg mehr zu erkennen.

»Ich glaube, es kommt von da oben.« Mein Mann wies zu einem kleinen Punkt hoch über dem Geröllabhang. »Ich schau mal durchs Fernglas.«

Er holte den Feldstecher aus dem Rucksack, während ich meine nächste Wasserflasche anbrach.

»Und? Siehst du was?«

»Da oben ist er.« Er reichte mir das Glas.

»Ich glaube es dir auch so. Willst du wirklich da noch hinauf?«

»Wir wollten dahin, also gehen wir auch dahin.« Das Kanzler-Basta blieb unausgesprochen.

Er kletterte voran und ich kraxelte hinterher. Bis er auf dem Geröll ausrutschte und den ganzen Hang auf dem Hosenboden wieder hinabrutschte. Vorsichtig stiefelte ich zu ihm hinab und fürchtete schon, dass ich die Bergwacht alarmieren müsste. Glücklicherweise hatte er sich aber nichts gebrochen und erhob sich kleinlaut.

»Ich schlage vor, wir gehen jetzt nach Hause. Es wird langsam dämmrig und wir haben noch einen ordentlichen Weg vor uns.«

»Meinst du?«

»Ja, das meine ich. Kein falscher Ehrgeiz mehr. Sicherheit geht vor. Wir kehren um.«

»Aber der Wasserfall?«

»Der fließt weiter, ob wir ihn gesehen haben oder nicht.«

Es wurde sehr schnell dunkel. Gott sei Dank gelangten wir bald an die Wegkreuzung, von der aus der Wanderpfad wieder besser zu erkennen war. Als wir völlig erschöpft in unserem Hotel ankamen, war es fast Mitternacht.

»Wir haben Sie schon vermisst«, wurden wir von den Vermietern empfangen. »Wir haben uns Sorgen gemacht, dass Ihnen etwas passiert ist.«

»Ach uns doch nicht«, sprach mein Mann. »Wir wollten zu dem Wasserfall.«

»Oh. Das ist ja eine Strecke von zwanzig Kilometern vom Abzweig der Hauptroute rauf auf den Berg«, sagte der Chef.

Wir sahen uns mit großen Augen an. Hatten wir richtig gehört? »Zwanzig Kilometer? *Eine Strecke*?«

»Richtig. Da muss man vor Sonnenaufgang aufbrechen, sonst schafft man es nicht.«

»Auf dem Holzschild stand doch *zwei* Kilometer.«

»Ach, das alte Schild, das müssen wir unbedingt mal ersetzen. Die null hinter der zwei kann man nicht mehr lesen. Aber schön, dass Sie wieder hier sind. Wir haben das Abendbrot für Sie aufbewahrt.«

Bis auf den letzten Krümel aßen wir alles auf und schleppten uns auf unser Zimmer. Dann mussten wir erst mal die wund gelaufenen Füße verarzten und fielen anschließend schachmatt ins Bett.

»Morgen machen wir uns aber einen gemütlichen letzten Tag«, sagte ich.

»Ganz meine Meinung. Mir tun vielleicht meine Füße weh.«

»Wir sind das Wandern eben nicht so gewohnt.«

»Hast recht«, sagte mein Mann. »Ich glaube, nächstes Jahr fahren wir lieber wieder zur See. Wenn man da das Wasser rauschen hört, dann weiß man, wo es ist und muss nicht kilometerlang laufen, um es zu suchen und doch nicht zu finden.«

Ich drückte meinem Teddy einen dicken Kuss auf die Wange.

»Bin ganz deiner Meinung.«

Es ist immer Zeit für Currywurst

Kommt Ihnen das bekannt vor?

Der Weihnachtsmarkt hatte gerade zwei Tage geöffnet und ich sagte zu meinem Mann: »Lass uns doch mal hingehen.«

Ich muss dazusagen, mein Mann ist kein Freund von zu viel Schnickschnack, und Kitsch zu Weihnachten mag er schon gar nicht. Aber für mich gehört es zur Adventszeit einfach dazu, ein- oder auch zweimal über den Weihnachtsmarkt zu schlendern.

Ein wenig genervt erwiderte er: »Muss das denn sein?«

»Aber das stimmt mich schon ein bisschen auf Weihnachten ein.«

»Willst du nicht lieber mit einer Freundin hin?«

»Ich möchte aber mit *dir* hingehen. Wir könnten dort auch eine Currywurst essen.«

Da war es, das magische Wort. *Currywurst*. Wir Frauen wissen, womit wir die Männer rumkriegen.

Prompt kam seine Antwort: »Warum nicht? Auf eine Currywurst hab ich Lust.«

Perfekt. Ich weiß nicht, wann mein Mann keinen Appetit auf eine Currywurst gehabt hätte. Wahrscheinlich hätte er selbst in der Antarktis nach einer Bude Ausschau gehalten, in der es seine Leib- und Magenspeise gäbe. Eine Stunde später schlenderten wir über den Weihnachtsmarkt, guckten hier und da und aßen beide mit Heißhunger eine Wurst, er das volle Programm mit Pommes rotweiß, ich verzichtete auf den Ketchup – aus schlechtem Gewissen, Sie wissen schon, zu viel Zucker.

Nach all den Adventssonntagen und Weihnachtsfeiertagen mit dem üppigen feinen Essen, stöhnte mein Mann am 28. Dezember: »Ist ja alles gut und schön, aber ich brauche jetzt langsam mal was Deftiges.«

»Eine Currywurst vielleicht?«

»Genau daran habe ich gedacht.«

Gleich beim ersten Rateversuch hatte ich überraschend ins Schwarze getroffen. Gesagt, getan, am Abend holte er von der Pommesbude seines Vertrauens, in der der Inhaber ihn schon seit Jahren mit Vornamen anspricht, Currywurst und Pommes mit, na klar, Majo und Ketchup.

»Hattest du nicht erst gestern gesagt, dass du auf dein Gewicht achten musst nach all den vielen kulinarischen Sünden in letzter Zeit?«, foppte ich ihn.

»Quatsch«, brummte er. »Wenn schon, denn schon. Zur Currywurst gehört nun mal auch eine Pommes.«

»Natürlich,« flötete ich, »ich hab dir schon ein Pils und mir eine Cola kaltgestellt.«

»Bist ein Schatz«, sagte er.

»Weiß ich doch«, entgegnete ich.

Die Silvesterknaller waren noch nicht alle gezündet, da sprach mein Mann: »Ab morgen geht's ins Fitnessstudio. Und ab sofort keine Currywurst mehr.«

»So machen wir es« stimmte ich ihm zu und dachte nur: Mal sehen, wie lange es anhält.

Zwei Wochen später wollte er mit seinen Kumpels endlich mal wieder ins Stadion gehen. Es war sonnig und trocken, aber bitterkalt, und als er nach Hause kam, grinste er mit knallroten Backen über das ganze Gesicht wie ein Lausbub von einem Meter achtzig und fünfundneunzig Kilo.

»Na, gewonnen?« Das war eine rhetorische Frage, hatte ich doch die Bundesligakonferenz gehört und wusste längst, dass sein Team drei wichtige Punkte geholt hatte, was maßgeblich zu seiner guten Stimmung beitrug. Aber da war auch ein verräterischer Duft. »Und, war sie gut?«

»Wer?«, fragte der unschuldige Ehemann.

»Na, die Currywurst.«

»Klar doch, und die Pommes auch.«

»Ich dachte, du wolltest nicht mehr.«

»Schatz, ein Fußballspiel ohne Currywurst ...«

»... das geht gar nicht«, beendete ich schmunzelnd seinen Satz.

»Du sagst es«, murmelte er nur, sichtlich satt und zufrieden. Manchmal braucht es eben nicht viel, um dich glücklich zu machen, dachte ich.

Dann folgte eine lange Durststrecke in Sachen Currywurst. Stattdessen gesunde Vitamine satt während des Frühjahrs und mein Teddybär verwies stolz auf den fallenden Zeiger der Waage. Bis wir in den Urlaub auf die Insel Borkum fuhren. Gleich am ersten Abend streifte sein Auge nur oberflächlich die köstlichen Fischspezialitäten, die man naturgemäß an der Küste und auf den Inseln bevorzugt genießt und suchte etwas Fleischhaltiges.

Als die Kellnerin die Bestellung aufnahm, kam es inbrünstig: »Ich nehme die Currywurst.«

»Gerne«, antwortete die junge Dame freundlich und zu mir gewandt: »Und Sie?«

»Den Matjes mit Bratkartoffeln, da freue ich mich schon lange drauf.«

Als das Essen kam, schaute mein lieber Ehemann konsterniert auf seinen Teller. »Was ist denn *das*?«

»Eine norddeutsche Currywurst«, sagte ich und amüsierte mich über sein verdutztes Gesicht.

»Das sieht ja aus, wie, wie, wie nennt man das noch?« Er suchte verzweifelt das passende Wort.

»Bockwurst. Hast du das nicht gelesen? Die machen hier nicht aus einer Bratwurst, sondern aus einer Bockwurst eine Currywurst.«

»Hätte ich das gewusst.« Verzweifelt schaute er auf seinen Teller, auf dem eine riesige Bockwurst die Platte zu beiden Seiten um Längen überragte und mit einer gehörigen Portion Pommes garniert worden war.

»Nun iss sie doch erst mal«, versuchte ich ihn zu beruhigen.

»Meinst du wirklich?«

»Oder möchtest du meinen Matjes?«

»Bloß nicht.« In seinen Augen stand Panik.

Fisch war noch nie sein Ding, als ob ich das nicht gewusst hätte. »Also ran an den Feind, vielleicht ist sie ja besser als du denkst.«

Nach einem weiteren misstrauischen Blick entschloss er sich dann doch, der Riesenwurst mit Messer und Gabel zu Leibe zu rücken. Und, was soll ich Ihnen sagen, kein Wort des Missfallens kam mehr aus seinem Mund, so beschäftigt war er, alles auf dem Teller zu verputzen.

»Na, wie hat's geschmeckt?«, fragte ich überflüssigerweise, denn unsere Hunde warteten mit treuherzigen Augen vergeblich auf einen Bissen, der vom Teller meines Mannes für sie abfallen würde.

»Sehr gut. Hätte ich gar nicht gedacht.«

»Siehst du, manchmal muss man sich nur trauen.«

»Aber sag selbst, die sah am Anfang irgendwie merkwürdig aus. Doch die Soße war lecker.«

»Na, dann ist ja alles in bester Ordnung.« Der Urlaub war gerettet, und unsere Hunde bekamen ein Stück Matjes von mir.

Wieder zu Hause gab es nur zwei Wochen später die spanische Nacht bei uns in der Innenstadt. Was soll ich Ihnen sagen? Dass Paella und Co. mit dem ganzen komischen Seegetier, wie mein Liebster es nannte, nicht seine Leibspeise war, haben Sie sich sicher schon gedacht. Konsequent umkurvte er die spanischen Spezialitäten, um bei seinem Frittenbuden-Kumpel *was Richtiges* zu essen. Sie ahnen es: Currywurst mit Pommes. Und ein paar Wochen später beim Jazzfest, zu dem wir von Freitag bis Sonntag jeden Tag marschierten, war immer die letzte Rettung vor dem Verhungern – na, Sie wissen schon.

Bald wurden die Tage kürzer und die Abende kälter, und die Vorbereitungen für den Weihnachtsmarkt liefen schon wieder an. In der Innenstadt wurden die ersten Holzbuden aufgebaut, Lichterketten ausgepackt und Tannenbäume auf großen Lkws angekarrt. Wir mussten für einen Geburtstag noch ein Geschenk kaufen und liefen eilig durch die Einkaufsstraße, als ich ihn plötzlich sagen hörte: »Wenn nächste Woche der Weihnachtsmarkt öffnet, dann könnten wir doch endlich mal wieder eine Currywurst essen. Was meinst du, Liebling?«

»Wie recht du hast«, sagte ich. »Darauf habe ich mich schon das ganze Jahr gefreut.«

Der Adventskranz

Wie jedes Jahr im Spätherbst schoss mir von Zeit zu Zeit der Gedanke an die Adventszeit durch den Kopf, aber bereits Minuten später dachte ich an etwas anderes, denn es war ja noch so lang hin. Sie kennen das, immer ist etwas anderes wichtiger. Doch plötzlich kommt Totensonntag und dann läuft der gnadenlose Countdown.

»Wir haben noch kein Adventsgesteck«, sagte ich zu meinem Teddy am Mittwoch vor dem ersten Adventssonntag.

Er schaute nicht einmal von seinem Tablet auf. »Ist doch noch Zeit.«

»Nur drei Tage.«

»Sag ich doch.«

»Wann gedenkst du es denn zu kaufen?«

Pause gegenüber. »Samstag?«

»Dann kriegen wir nichts Schönes mehr.«

Jetzt schaute er hoch, dachte kurz nach und runzelte die Stirn. »Die sind doch alle gleich.«

Da war es wieder, das typisch männliche Unverständnis für die Schönheiten des Lebens im Allgemeinen und in der Wohnung im Speziellen. Als ob alle Adventsgestecke gleich wären!

»Ich will aber nicht so ein Billiggesteck vom Discounter.«

Er schüttelte den Kopf. »Wieso nicht? Das hat auch nur vier Kerzen wie alle anderen.«

Ich gab es auf. Als ob es nur nach der Zahl der Kerzen ginge! Am folgenden Tag marschierte ich von einem Blumenladen zum nächsten und besuchte im Anschluss sage und schreibe fünf verschiedene Baumärkte, aber entscheiden konnte ich mich nicht. Was tut man da in der heutigen digitalen Zeit? Man fotografiert alles, was in Frage kommt und legt es abends dem Gatten zur gemeinsamen Entscheidungsfindung vor.

»Hier schau mal«, sagte ich und schob ihm nach dem Abendessen mein Smartphone mit dem Foto des ersten Adventskranzes über den Tisch. »Wie findest du *den*?«

Er blickte eine Sekunde auf das Bild. »Nett.«

Aha. Offensichtlich nicht sein Geschmack. Nächstes Bild. »Und der da?«

»Auch.« Maximale Betrachtungsdauer eine halbe Sekunde.

Ich wischte über das Handydisplay. »Oder vielleicht dieser?«

»Geht auch.« Hatte er überhaupt hingesehen?

»Ich will nicht wissen, ob der geht, sondern welcher *dir* am besten gefällt«, sagte ich und zeigte ihm geduldig die nächsten sieben Exemplare, die sich in meiner engsten Auswahl befanden.

Er blickte mich mit seinem Dackelblick an. »Die sehen doch alle gleich aus.«

Ich konnte es nicht fassen. Ob der Kranz rote oder weiße, grüne oder gelbe Kerzen hatte, ob er Kugeln oder Holzschmuck trug, nur aus Tanne oder drei verschiedenen Koniferen bestand, mit Schleifchen oder Glöckchen verziert war, das alles sah für ihn gleich aus. Was sollte man da machen? Ich schaute mir die Fotos erneut in Ruhe an und sagte dann: »Dann hole ich morgen den mit dem Elch.«

Nach drei Sekunden schaute er hoch. »*Elch*?«

»Ja, den mit den roten und orangenen Kerzen und dem Elch in der Mitte.«

»Warum sagst du das nicht gleich?«

»Was?«

»Dass da ein Elch bei ist. Den hätte ich sofort ausgesucht.« Mein Teddy ist ein großer Elchfan, das nur zur Erklärung an dieser Stelle.

»Hab ihn dir gezeigt.«

»Bei so vielen kann man ja mal was übersehen. Da hättest du mich drauf hinweisen sollen.«

Natürlich. Weil er nicht richtig guckte, musste ich ihm sagen, was er sehen sollte. Alles klar. Auf weitere Diskussionen hatte ich an diesem Abend keine Lust mehr und schwieg eisern.

Am nächsten Tag fuhr ich zu dem Blumenladen, in dem ich den Elch-Kranz gesehen hatte. Doch er war nicht mehr da. Erst dachte ich, ich hätte den falschen Laden aufgesucht, aber die Verkäuferin teilte mir mit Bedauern mit, dass sie dieses Prachtstück gestern Abend kurz vor Geschäftsschluss verkauft hatte. Einen zweiten hätte sie selbstverständlich nicht, schließlich würde sie ausschließlich Unikate fertigen. Mir wurde heiß und kalt. So ein Mist. Hätte ich ihn doch bloß sofort gekauft! Was sollte ich jetzt tun? Ich überlegte hin und her und fuhr anschließend wieder alle Läden ab. Alles nett, wie mein Teddy sagen würde, aber keiner kam dem Elch-Kranz gleich. Ich betrachtete das Foto. Und wenn ich den einfach selber bastelte? Ganz ungeschickt war ich nicht und das Foto hatte ich ja als Vorlage. Gesagt, getan. Ich kaufte Kerzen, Deko und Tannenzweige und – einen Elch. Der war zwar etwas größer als jener auf dem Foto, aber egal. Besser zu groß als zu klein. Mein Teddy würde massiv enttäuscht sein, wenn es jetzt keinen Kranz mit Elch geben würde. Am Abend verbarrikadierte ich mich im Keller und bastelte an dem Adventskranz.

»Was machst du da?« Er rüttelte an der Kellertür, die ich vorsorglich von innen verriegelt hatte.

»Lass dich überraschen.«

»Machst du etwa ein Weihnachtsgeschenk? Wir wollten uns doch nichts mehr schenken.«

»Ähm, ist nichts für Weihnachten.«

Er zog von dannen. Mit Müh und Not brachte ich die Zweige an diesem Abend in eine einigermaßen runde Form, die man mit etwas guten Willen einen Kranz nennen konnte. Den Rest würde ich am nächsten Tag machen. Und schmücken musste ich die Wohnung auch noch. Aber bevor die Deko an die Fenster kam, mussten diese erst geputzt werden.

Am Freitag hatte ich just alle Fenster blitzblank gewienert, als der große Regen einsetzte. Es regnete fast so heftig wie in dem Film mit Lana Turner und Richard Burton. Ich fluchte innerlich. Wie viel Zeit hatte ich verplempert! Aber egal, jetzt waren wenigstens die Regentropfen glasklar zu sehen. Am Abend verschwand ich im Keller, um den Adventskranz fertigzustellen. Als ich um Mitternacht ins Schlafzimmer kam, war Teddy bereits zu Bett gegangen.

»Bist du fertig?« fragte er schlaftrunken, als ich mich neben ihn legte.

»Fix und fertig«, sagte ich und legte ein heißes Körnerkissen unter meinen schmerzenden Rücken.

»Morgen machen wir uns einen ruhigen Tag«, sagte er.

»Wir müssen die Wohnung schmücken.«

»Ist denn schon Weihnachten?«

»Nein, aber erster Advent.«

»Ach so.«

Am Samstagmorgen fuhr er zum Wocheneinkauf, während ich das Haus dekorierte. Am Nachmittag schaute er das Bundesligaspiel seiner Mannschaft an, ich schmückte das Haus. Am Abend kämpfte er vor dem Fernseher mit Bruce Willis gegen die Bösen in »Stirb langsam« – Sie wissen schon, was ich in der Zeit machte. Um Mitternacht war ich endlich fertig und schleppte mit feierlicher Miene den Adventskranz aus dem Keller hoch.

Er lächelte, als ich das Prachtstück, das fast achtzig Zentimeter im Durchmesser maß, auf dem Couchtisch platzierte. »Hätte nach dem Foto gar nicht gedacht, dass der so groß ist.«

Ich schaute ihn an. »Zu groß?«

Er grinste. »Ein Elch kann nie groß genug sein.«

Alle Jahre wieder

Der September neigte sich mit seinen warmen Spät-
sommertagen dem Ende entgegen, und die Herbstfe-
rien, die unsere Zwillinge nach sechs Wochen harter
Arbeit in der Schule nach den Sommerferien herbei-
sehnten, waren nicht mehr weit. Genau in dieser Zeit
verlangsamte mein Göttergatte bei den gemeinsamen samstäglichen Einkäufen im Supermarkt merklich sein Tempo und schlich um die Tische mit den
ersten Spekulatius und Dominosteinen herum. Er
ging vor und zurück und rang mit sich, ob er zu
dieser Unzeit schon zugreifen sollte. Am Ende verlor
er den heroischen Kampf mit sich selbst und legte
mindestens eine Packung von jedem beiläufig in den
Einkaufskorb – natürlich, als ich gerade nicht hinsah.
Aber Sie wissen ja, Frauen sehen alles, auch das, was
hinter ihrem Rücken passiert – warum? Weil Frauen
schon vorausahnen, was ihr Göttergatte gleich tun
wird. So ist das nach vielen Jahren eines gemeinsamen Lebens.

Genau zu jener Zeit, in der der beste Ehemann
von allen die freudige Zeit des Erwartens einläutete,
fing ich an, mir Gedanken zu machen. Nicht, dass
ich mir sonst keine machen würde – Frauen denken
über vieles nach, das Männern gar nicht in den Sinn
kommt und worüber man stundenlang sinnieren
kann. Sie fragen sich jetzt, worüber dachte ich in
dieser Zeit wohl nach? Völlig klar – lagen die ersten

Weihnachtsnaschereien im Laden, war das Fest aller Feste nicht mehr weit und man sollte, nein, man *musste* planen, wem man was schenkt.

Frauen tun so etwas. Und zwar frühzeitig.

Eine große Aufgabe. Wissen Sie, ich schreibe immer Listen. Am Sonntag nach dem ersten verräterischen Dominostein-Kauf kramte ich jene der Vorjahre hervor – man will ja niemandem etwas schenken, was er oder sie im letzten Jahr oder in dem davor oder davor oder … bekommen hat. Und wer behält bei der Vielzahl der zu Beschenkenden den Überblick? Dazu bedarf es schriftlicher Aufzeichnungen.

An diesem ersten Samstag zog mein Teddybär, der in seinem Lieblingssessel saß, Spekulatius naschte und Zeitung las, seine Augenbrauen hoch, denn ich zog meine berühmte rote Mappe von dem Stapel aus der Ablage unter dem Wohnzimmertisch hervor. Ich breitete die alten Listen und ein blütenweißes Blatt Papier im DIN A4-Format auf dem Tisch aus und holte einen Bleistift hervor – ja Sie lesen richtig, ganz altmodisch mit Bleistift auf Papier mache ich diese Notizen, nicht im Smartphone oder sonst wo digital in einer Cloud. Je näher es gen Weihnachten geht, umso altmodischer werde ich. Ich verschicke auch noch richtige Weihnachtskarten, analog, nicht digital oder per Whatsapp.

»Ist es schon wieder soweit?« fragte er und schob den nächsten Dominostein nach, obwohl der vorige seinen Mund noch nicht in der üblichen Richtung verlassen hatte. »Überlegst du schon, was wir für

Weihnachtsgeschenke kaufen müssen? Es ist doch erst September.«

Ich schaute von meinem weißen Blatt Papier hoch, auf dem ich gerade eine Tabelle mit den Überschriften »Name« und »Geschenk« aufgezeichnet hatte.

»Du hast mich darauf gebracht«, sagte ich.

»*Ich*?

»Ja du«, erwiderte ich und machte eine bedeutsame Pause. »Du hast Weihnachtsgebäck gekauft.«

Er musterte den nächsten Dominostein, der noch knappe fünf Zentimeter von seinem Mund entfernt war und erstarrte zur Salzsäule. Der Dominostein bewegte sich keinen Millimeter mehr.

»Ist ja nicht schlimm, du kannst ruhig weiteressen, Schatz«, beruhigte ich ihn.

Mit einem leichten Stoßseufzer fand auch dieses Leckerchen seinen schicksalhaften Weg und irrte nicht weiter in der Atmosphäre unseres Wohnzimmers herum.

»Du hast ja recht«, sagte er mit dicken Backen. »Man kann nicht früh genug planen.«

»Du sagst es«, pflichtete ich ihm bei und fing an zu schreiben. Als ob er jemals daran denken würde. Egal. Ich vertiefte mich in die Liste und die der Vorjahre. Erst kamen die Verwandten, dann Freunde und zuletzt entferntere Bekannte. Ein festes Schema, das sich in vielen Jahren bewährt hatte. Der Vergleich mit den Vorjahreslisten stellte sicher, dass niemand vergessen wurde. Manchmal musste ich jemanden streichen, weil er oder sie das Zeitliche gesegnet hatte oder aus anderen Gründen für uns gestorben war. Und ein paar Neuaufnahmen gab es auch jedes Jahr.

So etwa nach einer Stunde – die Packung Dominosteine hatte mein Mann ohne größere Probleme komplett allein geleert – blickte ich vom Blatt auf.

»Ich hab schon mal so einiges aufgeschrieben.«

»Schön«, antwortete er und las weiter, ohne hochzuschauen. Er war definitiv der Meinung, dass Geschenkeplanung Frauensache war.

»Soll ich vorlesen, was ich bisher notiert habe?«

»Gleich.«

»Über ein oder zwei Leute müssten wir uns noch Gedanken machen.«

»Hm.«

Diesen Dialog könnte ich mit auf die Liste setzen und dann jedes folgende Jahr vergleichen. Es würde, wenn überhaupt, nur minimale Abweichungen geben. Dann kam der entscheidende Satz von mir.

»Schatz, was hältst du davon, wenn wir uns diesmal *nichts* schenken.«

»Hm.«

»Wir haben wirklich alles, findest du nicht auch?«

»Ja.«

»Und wenn wir was brauchen, dann können wir uns das jederzeit kaufen, ohne auf das nächste Weihnachtsfest warten zu müssen.«

»Hm.«

»Sabine und Bernd schenken sich übrigens auch seit zwei Jahren nichts mehr.«

»Okay.«

»Okay oder bist du wirklich einverstanden?«

»Okay heißt doch, ich bin einverstanden.« Endlich sah er von seiner Lektüre hoch.

»Aber so, wie du »Okay« sagst, bin ich mir nicht sicher, dass du das auch tatsächlich so meinst.«

»Normalerweise meine ich, was ich sage«, erwiderte er in leicht gereiztem Unterton.

»Aber stehst du auch dahinter?«

Sie wissen ja, Frauen sind sensibel und hören Dinge aus den Sätzen der Männer heraus, von denen diese gar keinen blassen Schimmer haben, dass sie ihr Unterbewusstsein gedacht hat oder gleich denken könnte. Er sah mich leicht verwirrt an.

»Ich denke, wir sollten es dieses Jahr endlich lassen. Ich stehe voll hinter dir.«

Wie oft ich diese Anregung schon gegeben hatte? Wahrscheinlich jedes Jahr in den letzten zehn Jahren. Nie hatten wir es tatsächlich umgesetzt. An irgendeinem Punkt war immer einer von uns schwach geworden und wir hatten doch Geschenke ausgetauscht. Vielleicht aus Angst, den anderen zu verletzen, oder im Gespräch mit Freunden schlecht dazustehen, wenn man zugab, der eigenen Frau oder dem eigenen Mann nichts zu Weihnachten, dem Fest aller Feste, zu schenken. Dieses Jahr würden wir es durchziehen. Ich zumindest war fest entschlossen. Und mein Göttergatte nach einem Glas Rotwein auch, so schwor er mir an diesem Abend hoch und heilig.

Die nächsten Wochen erledigten wir den einen oder anderen Geschenkkauf. Fängt man so früh an wie wir, hat man keinen Stress kurz vor dem Fest. Welch ein Segen! Was gibt es Schöneres, als den Freunden und Verwandten sagen zu können: »Ich habe schon fast alle Geschenke.«

Und sich dann zu freuen, wenn der andere kleinlaut zugeben musste: »Oh, ich muss mir jetzt aber mal Gedanken machen, es ist ja nicht mehr viel Zeit bis Weihnachten.«

Alles fühlte sich gut an bis zu dem Moment, an dem mich eine Freundin fragte: »Und was schenkst du deinem Mann?«

»Wir haben beschlossen, uns nichts zu schenken.« Meine Antwort kam wie aus der Pistole geschossen, um der Tatsache Nachdruck zu verleihen.

»*Gar* nichts?« Sie zog die Augenbrauen hoch, als ob sie es nicht glauben konnte. »Oh.«

Dieses eine Wörtchen war wie ein Messerstich in mein Herz und brachte meine Selbstsicherheit gehörig ins Wanken. Ich versuchte, mir nichts anmerken zu lassen und wechselte elegant das Thema. Aber zu Hause grübelte ich. War es richtig, was wir taten? Ich verrichtete meine Arbeit mechanisch ohne zu merken, dass mein Teddybär mich beobachtete.

»Hast du was?«

»Wie kommst du drauf?«

»Du wirkst irgendwie so nachdenklich.«

»Hm.«

»Und niedergeschlagen.«

Das war seine feminine Seite. Manchmal konnte er wirklich gut in mich hineingucken. Ich erzählte ihm von dem Gespräch im Supermarkt an der Kasse.

»Mach dir nichts draus. Das hatte ich auch schon.«

»Aber was denken die Leute über uns?«

»Ist doch egal. Wir haben es gemeinsam entschieden, nicht wahr?«

Seine ruhigen Worte taten mir gut. »Stimmt, wir haben es so entschieden.«

Wochen gingen ins Land, mittlerweile hatten wir die erste Kerze auf dem Adventskranz angezündet und ich naschte abends ebenfalls Spekulatius und Dominosteine. Auch die Backrezepte für die Lieblingsplätzchen unserer Familie kramte ich hervor. Und als ich eine Dose mit duftenden Plätzchen auf den Tisch stellte, sagte mein Teddybär, der eigentlich nicht mehr naschen wollte, weil er seit dem Spätsommer schon drei Kilo zugelegt hatte: »Du bist die Beste. Ich liebe dich und deine Plätzchen.«

Das ging runter wie Öl. Und diesem Mann, der jene Liebeserklärung abgegeben hatte, sollte ich zu Weihnachten, dem Fest der Liebe, *nichts* schenken? Von Stund' an hatte ich ein schlechtes Gewissen. Plötzlich schoss mir ein Gedanke durch den Kopf. Was wäre, wenn er, der mir gerade versichert hatte, wie sehr er mich liebte, auf den nicht abwegigen Gedanken kommen würde, mir trotz aller gegenteiligen Schwüre etwas zu schenken. Nur eine klitzekleine Kleinigkeit? Und ich stünde Heiligabend mit leeren Händen da? Welch ein schrecklicher Gedanke! Das könnte das Ende unserer Liebe sein! Nein, das durfte ich nicht riskieren.

In den nächsten Tagen überprüfte ich in seiner Abwesenheit die einschlägigen Verstecke, die er in den vergangenen Jahren benutzt hatte, um seine Geschenke vor mir zu verbergen. Nichts. Hieß das, er hielt sich doch an unsere Verabredung? Nein, ich konnte da keinesfalls sicher sein. So verlässlich er in vielen Dingen war, aber in dieser Sache – wer weiß, auf welche Ideen er noch kommen würde. Ich musste auf der Hut sein. Und gleichzeitig brauchte ich einen Plan B für den Fall, dass ich bemerken würde, dass er wortbrüchig geworden war und ein Geschenk für mich besorgt hatte. Andererseits wollte ich ihn auch nicht bloßstellen, falls er vertragstreu geblieben war und nur ich unsere Verabredung verlassen hatte. Eine wahrlich verzwickte Situation, die höchstes taktisches Geschick erforderte.

Weihnachten rückte näher und wir schlichen umeinander herum wie zwei Katzen, die sich am Fressnapf belauern. Wenn er abends noch in den Keller ging, schaute ich am nächsten Morgen dort in allen Ecken nach, ob er etwas verborgen hatte. Jeder längere Aufenthalt in irgendeinem Raum, der zeitmäßig nicht exakt zu erklären war, rief mich auf den Plan, ob er vielleicht ein neues Versteck testete. Gleichzeitig brütete ich darüber, was ich ihm schenken könnte. Es musste etwas sein, das ich problemlos in letzter Sekunde hervorzaubern konnte und das von solcher Art war, dass es auch mehrere Monate bis zu seinem nächsten Geburtstag aufzubewahren war, um dann als passendes Geschenk zu dienen. Was für ein Stress!

Endlich war er da, der Heilige Abend. Morgens schmückten wir zu viert den Baum, unsere Zwillinge waren mehr mit ihren Smartphones als mit den Weihnachtskugeln beschäftigt. Die beiden hatten sich Geld gewünscht, das sie, wie sie sich ausdrückten, lieber persönlich im Geschäft oder online für den Kauf einer neuen digitalen Errungenschaft einsetzen wollten, damit wir nicht wieder das Verkehrte besorgten, hatten wir doch von alledem nach ihrer Meinung keine Ahnung. Womit sie in gewisser Weise recht hatten. Also gab es den Umschlag mit Geld an einem roten Bändchen, das ich liebevoll an die Tüte mit den Lieblingskeksen eines jeden geknüpft hatte – hier unterschieden sich ausnahmsweise mal ihre Geschmäcker.

»Wozu das?« fragte mein Teddybär. »Die können die Kekse doch aus der Dose essen, so wie wir.«

»Nur ein Umschlag mit Geld, das geht nicht. Es ist doch Weihnachten«, antwortete ich.

Es sah mich lange an und nickte schließlich mit einem seltsam wissenden Gesichtsausdruck, sprach aber kein Wort. Nach dem Gang in die Messe kamen wir gemeinsam zu Hause an und er legte, wie in all den Jahren zuvor, die Weihnachts-CD in den Player.

»Wir können doch Weihnachtslieder streamen«, sagte unser Erstgeborener.

»Wir haben doch Spotify«, ergänzte der zehn Minuten jüngere.

»Nein«, sagte mein Teddy entschieden, »zu Weihnachten darf es Nostalgie sein.«

Unsere Jungs blickten ihn verständnislos an und schüttelten die Köpfe, doch für mich war alles klar.

»Ich ziehe mich noch schnell um«, sagte ich und verließ fluchtartig das Wohnzimmer Richtung Schlafzimmer. »Bin gleich zurück.«

Im Schlafraum zog ich mir ein leichteres Oberteil an, aber das war nur ein Vorwand. Aus der Nachttischschublade zog ich einen Umschlag mit zwei Konzertkarten seiner Lieblingssängerin hervor, die in knapp elf Monaten eine Vorstellung in der Nachbarstadt geben würde. Diesen Umschlag, den ich liebevoll in Weihnachtspapier eingeschlagen und mit weiteren Goldsternchen verziert hatte, steckte ich mir hinten in den Hosenbund und ließ die Bluse locker darüber fallen. James Bond hätte seine Walther PPK nicht besser verstecken können. Als ich ins Wohnzimmer kam, war mein Teddybär verschwunden.

»Wo ist Vater?«, fragte ich die Jungs.

»Der musste nochmal wohin. Keine Ahnung.«

Mir fiel ein, dass ich seit gestern nicht mehr im WC nachgesehen hatte. Aber ich war ja gewappnet.

Bing Crosby sang »White Christmas«, da erschien mein Gatte im Wohnzimmer und verkündete mit fester Stimme: »Frohe Weihnachten!« Er bückte sich und grifft zu den beiden mit Briefen geschmückten

Plätzchentüten, und als er aus der Versenkung wiederauftauchte, stellte ich mich neben ihn.

»Von uns für euch! Frohe Weihnachten, Jungs!« Unser Chor war perfekt wie jedes Jahr.

Die beiden nahmen ihre Tüten in Empfang und reichten uns jeweils ein Päckchen, das nur ein Buch sein konnte. Größe und Gewicht passten haargenau, und außerdem schenkten sie uns in den letzten Jahren immer Bücher – worüber wir uns ehrlich freuten, denn wir beide lasen für unser Leben gern.

»Hier für euch, ihr lest ja gern.« Ihr Chor war ebenfalls perfekt. »Und ihr schenkt euch nichts?«

Mein Teddy zog aus der Innentasche seiner roten Samtweste einen länglichen Briefumschlag, der dem, den ich aus dem rückwärtigen Hosenbund hervorzauberte, sehr ähnlich war. Wir standen uns gegenüber, hatten beide einen Umschlag in der Hand, und mussten lachen. »Frohe Weihnachten!« sagten wir im Chor und umarmten uns.

»Ich hab gedacht, du freust dich über zwei Karten für das Konzert deiner Lieblingssängerin. Und ich werde dich begleiten«, sagte ich.

Er grinste. »Und ich führe dich zum Konzert deines Lieblingssängers aus!«

»Das ist ja eine Überraschung«, sagte ich und war unendlich erleichtert, dass ich vorgesorgt hatte.

»Ich habe mir gedacht, dass du mir doch etwas schenkst«, grinste er. »Ich kenn dich doch.«

»Dito, mein Schatz. Frohe Weihnachten!«

Der Weihnachtsbaum

»Auf gar keinen Fall«, sagte mein Mann.

Meist war er meinen vernünftigen Vorschlägen früher oder später zugänglich, doch jetzt klang er geradezu entrüstet.

»*So* etwas kommt mir nicht ins Haus.«

Fehlte nur noch, dass er »Basta!« sagte, wie ein gewisser Bundeskanzler vor einiger Zeit, das heißt, vor dem sechzehnjährigen Matriarchat.

»So etwas«, wie er es nannte, war in diesem Fall ein Weihnachtsbaum, genauer gesagt, eine Nordmanntanne. Mein Teddybär liebte Weihnachten, wie unsere ganze Familie, obwohl ich mir da bei den Jungs nicht mehr so sicher war. In den letzten zwei Jahren gaben sie sich betont cool während der Festtage und wollten bloß keine Sentimentalitäten aufkommen lassen.

Bei besagter Nordmanntanne handelte es sich nun allerdings um einen künstlichen Tannenbaum, hergestellt im sogenannten Spritzgussverfahren, wie ich meinem Göttergatten versuchte zu erklären.

»Er sieht täuschend echt aus«, beteuerte ich, »nicht so plastikmäßig wie früher die künstlichen.«

»Nein und nochmals nein«, lautete seine Antwort, als ich ihm weiterhin die Vorzüge eines solchen Exemplars schilderte. Da konnte man wohl nichts machen. Möglicherweise war es taktisch nicht besonders geschickt von mir, dieses Gespräch in unseren Sommerferien am Strand von Borkum zu führen. Wer denkt denn schon im Hochsommer bei dreißig Grad und strahlendem Sonnenschein, wenn die Wellen leise rauschen und eine angenehme Brise um die versandeten Beine weht, an Weihnachten und den Kauf eines Tannenbaumes? Natürlich die vorausdenkende Chefin des Hauses, da man zu dieser Jahreszeit die sonst durchaus nicht billigen Exemplare zum Sommerrabatt erwerben kann.

Aber hier ging es um Grundsätzliches, das war mir von Anfang an klar. So wie sein oder nicht sein, schwarz oder weiß, Mann oder Frau. Jetzt ging es um echt oder künstlich und mein Mann machte daraus eine Frage von Leben oder Tod.

»Ich will einen lebenden, keinen toten Weihnachtsbaum«, sagte er mit einem leicht theatralischen Unterton in der Stimme, der so gar nicht zu ihm passte.

»Der, den du gemeinhin nach Hause schleppst, und ich sage bewusst schleppst, denn es fällt dir von Jahr zu Jahr schwerer, einen Baum nach Hause zu karren, also dieser Baum ist mausetot, weil Wochen vorher geschlagen«, gab ich zu Bedenken.

»Ich muss mich nur deshalb so abschleppen, weil du immer so einen großen willst.«

»Ich will keine große Tanne, sondern eine schön und gerade gewachsene.«

»Die Natur wächst, wie sie wächst.«

»Du bringst immer einem schiefen nach Hause und fluchst, wenn du ihn einstielen musst.«

211

»Das habe ich noch immer geschafft«, brummte mein Göttergatte und schob die Sonnenbrille von der Nase, denn es hatte sich eine dicke schwarze Wolke vor die Sonne geschoben.

Ob das wohl ein Zeichen war? Über unserer Diskussion hing auch gerade eine dunkelgraue Wolke.

»Geschafft ja«, gab ich zu, »aber erinnerst du dich noch, wie wir letztes Jahr am Heiligen Abend in die Notaufnahme fahren mussten, weil du dir mit dem Hackebeil in den Fuß geschlagen hast?«

Ein Brummen kam von gegenüber, anscheinend war die Erinnerung nicht gänzlich verblasst.

»Und vor drei oder vier Jahren hast du dir in den Finger geschnitten.«

»Ist doch wieder verheilt«, merkte er an und hielt mir den Finger unter die Nase. »Oder siehst du noch etwas davon?«

»Ja, das hat Wochen gedauert. Ich glaube, Ostern war die Wunde zu.«

»Wenn man einen Baum richtig bearbeitet, kann das schon mal passieren.«

»Bei einem künstlichen Baum gibt es solche Gefahren nicht. Der passt ohne Probleme in den Ständer und steht stets kerzengerade.«

»Ich habe es noch immer geschafft, dass unser Baum gerade steht.«

»Ja, wenn man nur von einer Seite guckte«, ergänzte ich. »Und indem du heimlich einen Zwirnsfaden an einen Zweig gebunden hast, der an einem Haken an der Wand befestigt war.«

»Erlaubte Tricks«, sagte er etwas milder gestimmt.

»Ja, du hast immer einen Weg gefunden, unseren Baum gut aufzustellen«, schmeichelte ich ihm.

»Danke, dass du das anerkennst.«

»Aber du könntest es leichter haben.«

»Hm.«

Das klang schon besser. Kein entrüsteter Widerspruch, sondern ein »hm«, das Platz ließ zum Nachdenken, bevor man in die Opposition ging.

»Er pikst auch nicht so wie ein echter.«

»Woher weißt du das?«

»Moormanns haben einen.«

»Sicher?«

»Hundertprozentig.«

»Glaube ich nicht, der sah doch aus wie immer.« Mein Teddybär schüttelte den Kopf.

»Eben. Der ist künstlich, sieht aber genauso aus wie ein echter.«

»Bist du dir sicher?«

»Ich habe ihn angefasst.«

»Warum?«

»Um mich zu überzeugen, dass er tatsächlich künstlich ist. Du hast ja nichts gemerkt.«

»Ich fasse doch nicht anderer Leute Weihnachtsbäume an.«

»Ich wollte die Qualität testen«, sagte ich.

»Qualität?«

»Klar doch, damit er täuschend echt aussieht, muss man schon ein bisschen investieren.«

»Wieviel?«

Ich sagte ihm die Summe, die der Baum, den ich im Sinn hatte, normalerweise, das heißt ohne Sommersonderrabatt, kosten würde.

»Waaas?« Um ein Haar wäre er vom Liegestuhl gefallen. »Von der Summe kann ich ja zehn Super-Nordmanntannen kaufen.«

»Na, sagen wir mal acht«, korrigierte ich, »die werden auch jedes Jahr teurer.«

»Nee.« Er schüttelte den Kopf. »Das ist zu teuer.«

»Ab dem neunten Jahr hat er sich amortisiert«, rechnete ich ihm vor.

»Wer weiß, was in neun Jahren ist.«

»Das kann ich dir sagen. Weihnachten. Weihnachten kommt jedes Jahr. Oder willst du mir weismachen, dass du in neun oder zehn Jahren keinen Weihnachtsbaum mehr möchtest?«

Er sagte nichts mehr. Entweder waren ihm die Argumente ausgegangen oder er dachte nach. Wahrscheinlich Letzteres, denn in den folgenden zehn Minuten drang keine Lautäußerung aus seiner Richtung an mein Ohr. Die Wolke hatte sich verzogen und die Sonne wärmte wieder unsere Gesichter. Offensichtlich hatte das zur Folge, dass er milder gestimmt war, als er sich räusperte.

»Ich habe überlegt.«

»Schön.«

»Wir schließen einen Kompromiss.«

Ich stutzte. »Worin besteht der?«

»Dieses Jahr gibt es nochmal einen echten und wir überlegen uns zu Weihnachten die ganze Sache noch einmal. Jetzt im Sommer kann ich mich nicht dazu entscheiden.«

»Jetzt im Sommer gibt es aber zwanzig Prozent Rabatt«, gab ich zu Bedenken.

»Egal, ich kann das jetzt noch nicht. Wir sprechen im Dezember wieder drüber.«

Das unausgesprochene »Basta« schwebte wieder zwischen unseren Liegestühlen. Damit war die Weihnachtsbaumdiskussion beendet. Manche Dinge brauchen einfach etwas Zeit. Also hieß es, Geduld bewahren und wie beim Fechten im richtigen Moment den entscheidenden Stoß zu setzen.

Die Wochen flogen nur so ins Land und wie jedes Jahr stand plötzlich Weihnachten vor der Tür.

»Wir brauchen einen Weihnachtsbaum«, erinnerte ich ihn drei Tage vor dem Vierundzwanzigsten.

»Ich hole morgen einen.«

Ich hatte absichtlich abgewartet und darauf verzichtet, ihn früher daran zu erinnern, da ich sehen wollte, was passierte, wenn er mal wieder auf den letzten Drücker versuchte, einen halbwegs vernünftigen Baum zu bekommen.

»Irgendwelche Wünsche?« fragte er mich, bevor er loszog.

»Schön soll er sein. Gerade gewachsen, unten voll und oben eine schöne, aber nicht zu lange Spitze.«

»Sonst nichts?«

»Das sind die Mindestanforderungen wie jedes Jahr, und etwa zwei Meter dürfen es auch sein.«

Es dauerte. Zwei Stunden vergingen, dann drei, und ich überlegte, ob ich ihn anrufen sollte, aber ich blieb hart. Nach geschlagenen fünf Stunden, aus dem Pfannengericht zum Abendessen hatte ich mittlerweile einen überbackenen Auflauf gezaubert, fuhr er in die Einfahrt. Der Kofferraum stand offen, der halbe Baum guckte hinten heraus und war mit einem roten Fähnchen versehen, das den nachfolgenden Verkehr vor der vorausfahrenden Gefahr warnen und auf Abstand halten sollte. Wie hatte er das Teil bloß ins Auto gekriegt? Ich sah ihm aus dem Fenster zu, wie er sich mit dem riesigen Baum abrackerte. Der musste mindestens drei Meter messen oder sogar mehr. Wie wollte er diesen Mammutbaum, der in jede Kirche gepasst hätte, in unser Wohnzimmer bugsieren und bei uns aufstellen?

Er ließ den Baum vor der Tür liegen und kam hinein. Er japste.

»Na, warst du erfolgreich?«, fragte ich ihn ein wenig scheinheilig.

»Ich habe einen Baum gekauft.«

»Davon gehe ich aus. Hat ein bisschen gedauert.«

»Du wolltest was ganz spezielles.«

»Ich?«

»Genau, du wolltest ja nicht irgendeinen Baum.«

»Wir sind ja auch nicht irgendeine Familie.«

Bums, das saß. Er sah mich scheel von der Seite an, und in diesem Moment tat er mir fast leid.

»Du hast bestimmt Hunger«, sagte ich.

»Das kannst du wohl sagen.«

»Ich habe Nudelauflauf mit Käse gemacht.«

»Ich liebe Nudelauflauf.«

»Das weiß ich.« Ich holte den Auflauf heraus und häufte eine Riesenportion auf seinen Teller.

»Die Jungs können dir gleich helfen, den Baum hereinzubringen«, schlug ich vor.

»Das könnten sie wirklich«, murmelte er undeutlich zwischen zwei Bissen. »Mmh, tut das gut.«

Nudeln waren immer perfekt, um die Stimmung aufzuhellen, das weiß jede Köchin. Sozusagen ein Antidepressivum, das satt macht und gut schmeckte. Ich sparte auch nicht bei meiner Portion, denn ich wusste, es würde den Stress mindern, der gleich unweigerlich in unserem Haus Einzug hielte.

»Jungs, kommt zum Essen, es gibt Nudelauflauf!«, rief ich ihnen zu, die nur darauf gelauert hatten, so schnell waren sie in der Küche.

Nachdem sich alle gestärkt hatten, ging es an die Arbeit. Ich hielt mich zurück und sah mir aus sicherer Entfernung an, was meine drei Männer in der Folge veranstalteten. Vorsichtshalber schaute ich schon mal nach, ob genügend Verbandszeug und Desinfektionsmittel greifbar waren, und schob die fragilen Gegenstände, die im Arbeitsumfeld lagen oder standen, entweder in sichere Entfernung oder trug sie gleich ganz aus dem Wohnzimmer hinaus.

Der Transport allein war schon eine logistische Herausforderung. Nachdem ich die riesige Nordmanntanne aus der Nähe betrachten konnte, schätzte ich sie auf fast vier Meter. Das bedeutete, wir bekamen sie nur zu dreiviertel überhaupt ins Wohnzimmer, der untere Teil blieb in der Diele.

Mein Göttergatte besah sich die Sachlage und befand dann: »Ich werde sie hier in der Diele unten kürzen und dann einstielen.«

Kürzen hörte sich vielversprechend an. Mit der Kraft zweier Nudelteller hackte er unter Lebensgefahr für seine Füße etwa dreißig Zentimeter vom Stamm ab. Dreißig Zentimeter weniger. Aber der Baum war immer noch viel zu lang.

»Du weißt, dass unser Wohnzimmer nur zwei Meter fünfundvierzig hoch ist?«, erinnerte ich ihn.

»Wir müssen ihn oben auch etwas kürzen, das habe ich schon einkalkuliert.«

»Ach so.«

Die Spitze war zugegebenermaßen etwas lang. Also rückte mein Göttergatte mit meiner Rosenschere dem Baum zu Leibe und zwackte etwa zwanzig Zentimeter von der Spitze ab. Er trat einen halben Meter zurück und besah sich sein Werk.

»Wir messen den Baum, dann weißt du, wie viel du noch abschneiden musst«, schlug ich vor.

»Wir könnten ihn doch auf der Terrasse aufstellen.« Das war durchaus keine unsinnige Idee von unserem Ältesten. Aber bei uns war es Tradition, dass der Baum an einer ganz bestimmten Stelle im Wohnzimmer stand. Nur draußen ein Weihnachtsbaum und drinnen keiner? Undenkbar!

»Auf gar keinen Fall!« Mein Mann klang entschieden, und er sprach mir aus der Seele.

»Ich meinte ja nur«, zuckte unser Sohnemann die Schultern und lehnte lässig am Türrahmen.

»Los, weiter geht's.« Mein Teddy hatte schon wieder das Beil in der Hand. »Wir müssen ihn noch etwas einkürzen.«

»Moment, ich hab's gleich.« Ich legte den Zollstock neben den Traum von einer Nordmanntanne und konstatierte: »Er misst jetzt noch drei Meter zwanzig. Wenn wir bedenken, dass er auch einen Ständer braucht, das sind so zwanzig Zentimeter, müsst ihr ihn etwa einen Meter kürzen.«

Drei Männer, so ich unsere Jungs, deren Bartwuchs in den letzten Monaten deutlich zugenommen hatte, dazu zählte, standen etwas ratlos vor dem Prachtbaum, der unsere Zimmerdimensionen nur ein wenig sprengte.

»Wir nehmen die unterste Etage weg«, sagte mein Göttergatte.

»Die Zweige, die dabei abfallen, könnten wir als Deko auf das Sideboard legen«, schlug ich vor.

Die drei sägten wie die Weltmeister an dem Baum herum, bis sie ihn entsprechend gekürzt hatten. Zwischendurch musste ich zwei gequetschte Finger und einen Schnitt in der Hand versorgen. Gott sei Dank war keine Verletzung so schlimm, dass wir in die Ambulanz des nächsten Krankenhauses fahren mussten. Mein Mann schraubte den Stamm in dem Christbaumständer fest und mit vereinten Kräften richteten wir zu viert die Tanne auf. Erwartungsvoll blickten wir nach oben. Er war noch immer zu lang.

Die Spitze bog sich unter der Zimmerdecke und das Harz hatte durch das Aufrichten des Baumes an Wand und Decke eine klebrige braune Schleifspur hinterlassen.

»So geht es nicht«, konstatierte ich. »Da muss noch etwas ab.«

Mein Teddybär holte die große Leiter aus dem Keller und stieg hinauf, um dem Baum unter der Decke zu Leibe zu rücken. Zunächst knipste er mit unserer Astschere vom Stamm so viel ab, dass etwa fünf Zentimeter Luft bis zu der ehemals weißen Decke waren. Aber die Seitenzweige endeten ebenfalls auf derselben Höhe.

»Du musst die Seitenzweige von der Etage darunter noch abtragen, sonst sieht es nicht aus«, sagte ich.

Er bog sich vor und zurück und schnitt mit der Astschere alles ab, was er erreichen konnte. Als er den letzten Ast abtragen wollte, geriet die Leiter heftig ins Wanken. Beim Versuch, sich irgendwo festzuhalten, packte er in seiner Verzweiflung an den Weihnachtsbaum und wie in Super-Zeitlupe fiel er mitsamt der Tanne um. Mit einem lauten Krachen fielen Baum, Leiter und mein Mann zu Boden.

»Ist dir etwas passiert?«

Mein Herz machte einen Satz und im Geiste sah ich ihn schon mit gebrochenem Bein im Krankenhaus liegen.

Wie ein Baby im Kinderwagen lag er rücklings auf der Nordmanntanne und strampelte mit Armen und Beinen. Also offensichtlich nichts gebrochen.

»Schatz, bist du okay?«

Ich beugte mich über ihn und er streckte mir seine Hände entgegen. Die Jungs sprangen mir zur Seite und mit vereinten Kräften zogen wir ihn hoch. Als er auf seinen Füßen stand, besah er sich den Unglücksbaum und schüttelte den Kopf.

»Dieser verdammte Baum.«

»Was machen wir denn jetzt?«, fragte unser Erstgeborener.

»Der ist hin«, ergänzte sein Bruder nüchtern.

»Hauptsache, eurem Vater ist nichts passiert«, erinnerte ich sie an das Wesentliche. »Dir ist doch nichts passiert?«, versicherte ich mich bei meinem Teddy.

»Ach, alles gut.«

Er legte den Arm um mich. »Nächstes Jahr holen wir uns einen künstlichen Tannenbaum.«

»Und mit den vielen Zweigen werden wir jetzt die Wohnung dekorieren. Die Anhänger und die Kerzen legen wir dazu und ihr werdet sehen, das wird noch richtig stimmungsvoll.«

Ihr Kinderlein kommet

Heiligabend, 8.50 Uhr, im Kreißsaal einer Frauenklinik im Ruhrgebiet

»Hi Peter. Wie war dein Dienst?« Susanne, Fachärztin Anfang vierzig, schenkte sich einen Kaffee ein.

»Morgen Sanne. Ganz okay. Drei Aufnahmen, nichts Aufregendes.« Peter klang entspannt. Er griff nach den Krankenakten. »Also, da ist Frau Yilmaz, am Termin, erstes Kind, leichte Wehen, Muttermund zwei Zentimeter. Dann Frau Grzybka, kriegt das zweite, kurz vor Termin, ab und an Wehen, geht vielleicht noch mal nach Hause. Und Frau Richter, hochprivat, erstes Kind, über Termin, weht sich langsam ein.«

»Das hört sich nach Arbeit an. Hast du schon die Visite gemacht?«

Peter stellte seine Kaffeetasse in die Spüle. »Ist fertig. Zwei entlassen, alles gut. Mach mich jetzt vom Acker.«

»Musst du noch Geschenke besorgen?«

Er verzog das Gesicht. »Für die Kurzen hab ich alles, aber für meine Frau muss ich noch was holen.«

»Na dann viel Glück!« Susanne grinste. Typisch Peter. Wie immer auf den letzten Drücker.

»Bis morgen. Ruhigen Dienst!« Peter verließ winkend den Kreißsaal.

Susanne sah erst einmal in Ruhe die Akten der drei Schwangeren durch. Tanja, die russische Hebamme, ein mütterlicher Typ Ende Vierzig, kam von der Station in den Kreißsaal zurück.

»Morgen Sanne. Hab eben das Blut rübergebracht. Da ist noch eine Neuaufnahme gekommen.«

»Na, dann wird's uns wenigstens nicht langweilig.« Susanne ließ sich die gute Laune nicht verderben. Wenn man schon Heiligabend Dienst hatte, dann durften auch Kinder kommen.

11.15 Uhr

Tanja war in ihrem Element. Sie versuchte, der Neuen, einer jungen Frau aus Sri Lanka, mit Händen und Füßen etwas zu erklären. Deren Ehemann sprach ebenfalls kaum ein Wort Deutsch, und so war es schwierig. Hilfesuchend sah die Frau zu ihrem Mann und sagte etwas auf Singhalesisch.

Der Mann zupfte die Hebamme am Ärmel.

»Frau nicht gut. Machen was.«

Tanja winkte Susanne, die gerade von Station kam. »Das ist Frau Ibramariam. Kein Mutterpass. Ist wohl ihr drittes, wenn ich richtig verstanden habe. Hat die beiden anderen in Sri Lanka gekriegt. Versteht nix, ihr Mann auch nicht. Guck sie dir mal an.«

»Ich mach erst mal 'nen Ultraschall. Kommen Sie bitte mit, Frau Ibramariam«, sagte Susanne und bedeutete dem Paar, ihr zu folgen.

Mit schmerzverzerrter Miene erhob sich die Frau in Zeitlupe, gestützt von ihrem Mann, dann dackelten die beiden hinter ihr her in den Nebenraum, wo das Ultraschallgerät stand. Ihr riesiger Bauch ließ die zierliche Frau fast vornüberkippen, als sie sich ächzend auf die Liege legte. Routiniert verschaffte sich Susanne mit dem Ultraschall einen Überblick über den Zustand des Kindes.

»Ah, er liegt in Beckenendlage.« Sie nickte dem werdenden Vater zu, doch der schaute sie verständnislos an. »Mit dem Popo nach unten.«

Er zuckte mit den Schultern.

»War Ihre Frau nicht zur Vorsorge?«

Einen Moment überlegte der Mann, dann hob er zwei Finger. »Wir hier zwei Monate.«

Aha, das erklärte einiges. Also keine Vorsorge. Egal, wer zwei Kinder gekriegt hatte, würde auch das dritte kriegen. »Alles wird gut. Kommen Sie mit.« Susanne half der Frau beim Aufstehen. »Wir gehen wieder zurück in den Kreißsaal.«

12.10 Uhr

»Gut, dass du kommst. Frau Grzybka in eins ist vollständig.« Tanja schnaufte und ihr Busen vibrierte heftig. »Was ist mit Frau Ibra…dingens-da?«

»Beckenendlage.«

Tanja stemmte die Hände an die Hüften. »Menno, das fehlt uns noch! Wie weit?«

Susanne grinste, denn sie wusste, Tanja spielte den Ärger nur. Es würde ihr einen Heidenspaß machen, ein Kind aus Steißlage auf die Welt zu bringen.

»Sieben Zentimeter. Ich bring sie in die zwei und leg ihr schnell 'nen Zugang.«

»Beeil dich. Wir pressen gleich.«

224

Susanne schaffte es gerade noch, den Wehenschreiber und die von Tanja vorbereitete Infusion der werdenden Mutter anzulegen, da vernahm sie aus dem Nachbarraum eindeutige Kommandos.

»Und jetzt Luft holen und press, press, press!« Wie immer klang Tanja resolut.

Frau Grzybka, deren kurze blonde Haare wirr nach allen Seiten standen, war höchst konzentriert. Nach drei Presswehen schrie ein zartes, rosiges, haarloses Mädchen aus Leibeskräften. Frau Grzybka strahlte. »Jetzt haben wir ein Pärchen!«

Tanja nabelte die Kleine ab, hüllte sie in ein vorgewärmtes Tuch und legte sie der Mutter auf die Brust. Mit dem Gespür für das richtige Timing betrat Kinderschwester Anja den Raum. »Schon da?«

»Na klar.« Tanja lächelte und hielt die Nabelschnur unter leichtem Zug. »Plazenta kommt!« Mit einem *Plopp* flutschte der Mutterkuchen ins Bett.

Gemeinsam begutachteten Tanja und Susanne die Nachgeburt. »Vollständig und Damm intakt. Herzlichen Glückwunsch! Wie soll sie denn heißen?«

Frau Grzybka strahlte glücklich. »Lena!«

Anja schmunzelte. »So eine Süße! Ich übernehme hier. Geht ihr schon nach nebenan.«

12.45 Uhr

Als Tanja und Susanne Kreißsaal zwei betraten, wimmerte Frau Ibramariam leise vor sich hin.

Tanja untersuchte sie und stellte zufrieden fest: »Fast vollständig. Das geht ja schnell.«

Sie versenkte den unteren Teil des Kreißbettes, so dass sich Susanne bequem zur Entwicklung der Beckenendlage davorsetzen konnte.

»Ruhig atmen. Tief ein- und ausatmen.« Mit gesenkter Stimme versuchte Tanja, Frau Ibramariam zu beruhigen, aber sie blieb unverstanden.

Auf einem Tisch legte sich Susanne alle Instrumente zurecht. »Sie macht das schon. Ich fühl schon den Steiß. Er kommt, ja, noch ein bisschen, los, jetzt gib Druck, Tanja!«

Sofort kommandierte Tanja in merklich lauterem Ton: »Press, press, press!« und drückte zur Unterstützung auf den Oberbauch. Susanne musste aufpassen, so schnell kam der kleine Junge herausgeschossen. Sie legte ihn auf ihrem Schoß und nabelte ihn ab.

Die schwarzen Augen des frisch gebackenen Vaters leuchteten. »Junge!«

»Ihr erster Junge? Was haben Sie zu Hause? «

Er überlegte kurz. »Hause? Mädchen. Zwei. Jetzt Junge!« Er barst fast vor Stolz. »Aber Hauptsache gesund.«

Susanne freute sich mit ihm und nickte. »Richtig. Und der Name? Wie soll der Kleine heißen?«

»Name? Anupam. Ein Junge!«

»Plazenta kommt schon, super. Und wieder nichts gerissen.« Susanne grinste Tanja an und hob den Daumen. »Gute Arbeit.«

Anja steckte den Kopf durch die Tür. »Da ist ja schon das nächste! Ich habe Frau Grzybka fertiggemacht, der Kreißsaal nebenan ist wieder frei. Frau Richter hat sich gerade mit Blasensprung gemeldet.«

14.20 Uhr

Hoch aufgerichtet und in einem sündhaft teuren Bademantel stolzierte Frau Richter durch die Kreiß-saaltür, gefolgt von ihrem sonnengebräunten Mann im Designer-Business-Anzug.

»Wann kümmert sich hier mal endlich jemand um meine Frau?«

Susanne und Tanja warfen sich einen Blick zu. Die arrogante Stimme passte perfekt zu seinem Outfit.

»Ihre Frau hat sich gerade erst gemeldet.«

Tanja war leicht angefressen. Solche Typen hasste sie wie die Pest.

Frau Richter ließ sich demonstrativ langsam auf dem Bett nieder und sah die verschwitzte Tanja von oben herab an. »Muss ich mich erst melden? Es kann sich ja schließlich auch mal jemand nach meinem Befinden erkundigen. Wir sind schließlich privat.«

In Tanja brodelte es. »Kinder kommen wie sie kommen, egal, ob privat oder nicht.«

»Vielleicht bei Ihnen in Russland. Wir sind aber hier in Deutschland.«

Susanne schaltete sich ein. »Tanja, Anna ist schon da, um dich abzulösen. Ich mache hier weiter.«

Tanja, die kurz vor einer Explosion stand, nahm den Ausweg dankbar an und verließ den Raum.

»Ich schau mal nach, wie weit der Muttermund ist, Frau Richter.« Susanne blieb professionell, um die Situation zu beruhigen. So eine blöde Kuh! Aber es half nichts. Auch blöde Kühe bekamen Kinder.

»Sehr gut, der Kopf ist fest im Becken, der Muttermund vier bis fünf Zentimeter geöffnet. Wir schreiben jetzt ein CTG, so sehen wir, wie es Ihrem Kind geht. Und ich lege Ihnen einen Zugang.«

Herr Richter ließ sich auf den Stuhl neben dem Kreißbett fallen und schlug lässig die Beine übereinander. »Was meinen Sie, wie lange dauert es noch? Ich habe gleich eine wichtige Telefonkonferenz.«

»Das kann man nie sagen. Aber die Hälfte des Muttermundes ist bereits geöffnet.« Solche Typen hasste Susanne wie die Pest. Selbst in so einer besonderen Situation war ihnen die Arbeit wichtiger.

15.17 Uhr

Es klingelte an der Kreißsaaltür.

»Aiiiiih!« Frau Yilmaz Gesicht war schmerzverzerrt. »Aiaiaiaiiih!«

»Kommen Sie, Frau Yilmaz, wir sehen nach.«

Anna, die leitende Hebamme mit griechischen Wurzeln, nahm sie fest am Arm und führte sie zum Bett. Mit ihrer Erfahrung konnte sie fast alle Frauen beruhigen. »Keine Sorge, Frau Yilmaz, das kriegen wir schon geschaukelt.« Dann untersuchte sie. »Muttermund drei bis vier Zentimeter, wir haben noch Zeit. Ich mache Ihnen erst mal einen Einlauf.«

Susanne freute sich, mit Anna Dienst zu haben. Mit ihr war alles immer ganz einfach. »Ich informiere den Chef. Frau Richter ist jetzt fünf Zentimeter.«

»Mach das. Dann können wir uns um Frau Yilmaz kümmern.« Anna verpasste ihr bereits das Klistier.

16.11 Uhr

Als Susanne zum Telefon ging, steckte Herr Richter den Kopf in den Aufenthaltsraum. Er war blass.

»Meine Frau blutet!«

»Keine Sorge, das ist normal unter der Geburt.«

»Nein, das läuft wie ein Wasserfall!«

Susanne stutzte und folgte ihm sofort in den Kreißsaal. Bereits von der Tür aus sah sie eine Blutlache unter Frau Richter, die am CTG lag. In diesem Moment wurden die Herztöne des Ungeborenen langsamer. Susanne fühlte ihren steinharten Bauch. Sie stürzte zum Telefon und rief die Zentrale an.

»Notsectio im Kreißsaal!«

Anna eilte von nebenan hinzu und bereitete sofort alles für das OP- und Narkoseteam vor. Jeder Handgriff saß.

Unter seiner Bräune wurde Herr Richter immer blasser. »Was ist denn jetzt los?«

»Herr Richter, bitte setzen Sie sich draußen in den Aufenthaltsraum.« Susannes Ton war ruhig, aber bestimmt. »Die Plazenta hat sich gelöst. Wir holen Ihr Kind per Kaiserschnitt – jetzt sofort.«

Als das Anästhesie- und Operations-Team in den Kreißsaal stürmte, ging alles blitzschnell. Innerhalb von acht Minuten beförderte Susanne einen kräftigen Jungen zutage, der nach zwei auffordernden Klapsen kräftig durchschrie. Die Kinderschwester nahm den Kleinen bereits in Empfang, als der Chefarzt lächelnd in den Saal marschierte.

»Ah, ihr seid schon fast fertig. Sehr gut. Wen haben wir denn da?«

»Einen Maximilian. Es war eine vorzeitige Plazentalösung.« Susanne nähte Frau Richters Bauch schon wieder zu.

»Dann spreche ich mal mit dem Vater.«

Susanne grinste hinter ihrem Mundschutz. Natürlich, typisch Chef. Die guten Nachrichten verbreitete er am liebsten sofort. Doch Anna zupfte an seinem Arm.

»Gut, dass Sie da sind, Chef. Sie können gleich mit mir nach nebenan kommen, da geht's weiter. Frau Yilmaz presst!« Anna ließ keine chefärztlichen Einwände gelten und zog ihn mit sich.

17.03 Uhr

Als Susanne den Kaiserschnitt beendet hatte, lugte sie in den Kreißsaal nebenan und sah ihren Chef den Dammriss bei Frau Yilmaz nähen.

»Ein Mädchen?« Susanne trat näher und beäugte den pechschwarzen Wuschelkopf auf Frau Yilmaz' Brust.

Der Chefarzt lächelte zufrieden. »Eine Fatma. Da haben wir bei uns heute schon zwei Jungen und zwei Mädchen auf die Welt gebracht!«

Susannes schmunzelte und kniff Anna ein Auge zu. »Ihr Kinderlein kommet! Was für ein schöner Heiligabend!«

Es geschah in der Nacht

»Hast du auch alle Geschenke eingepackt?«

Marie betrachtete sich von allen Seiten im Spiegel und bändigte eine widerspenstige Haarsträhne mit einem dicken Sprühnebel jenes Haarsprays, der Halt bei jedem Wetter versprach.

Im Schlafzimmer zurrte Julius den Reißverschluss der Reisetasche fest. Er unterdrückte einen spontanen Ausbruch von Ungeduld, atmete tief durch und antwortete in der Tonlage eines Yogalehrers: »Aber sicher doch, mein Schatz.«

»Auch die Uhr für meinen Vater?«

»Natürlich.«

»Und die Ohrstecker für Mutter?«

»Selbstverständlich.«

»Und das Retroradio für Tante Andrea und Onkel Michael?«

»Auch das. Und bevor du weiterfragst, auch die Geschenke für deinen Bruder, seine Frau und deinen Neffen, meine Eltern und Großeltern, alles ist bereits im Auto.«

»Ich meine ja nur.«

»Wie jedes Jahr an Heiligabend.«

»Passt denn auch die Tasche für das Krankenhaus noch ins Auto?«

»Natürlich. Aber ich glaube nicht, dass du sie brauchst. Unser Sohn wird sich bestimmt noch Zeit lassen.«

»Man weiß nie. Manche Kinder kommen schon in der achtunddreißigsten Woche. Ich wurde auch zwei Wochen zu früh geboren.«

»Aber nicht die Söhne der von Mannsdorfs. Die kommen immer planmäßig am errechneten Termin auf die Welt.«

»Im Leben läuft es nicht immer so auf den Punkt ab wie bei dir in der Bank. Hoffentlich kommen wir nicht in einen Stau.«

Julius nahm den Wintermantel über den Arm und warf einen Blick auf das Display seines Smartphones der neuesten Generation. »Bisher werden keine Verkehrsstörungen gemeldet. Bist du denn nun endlich fertig? Es ist schon zehn nach zwei. Wir wollten pünktlich um vierzehn Uhr starten.«

»Stress mich nicht, wir brauchen doch nur drei Stunden. Und das Wetter?«

»Ab drei ist leichter Schneefall vorhergesagt, das ist für uns kein Problem, wir haben ja Allradantrieb. Komm jetzt, wir müssen los.«

Auf der Fahrt durch die Berliner Innenstadt mussten sie an fast jeder Kreuzung halten, so zäh floss der dichte Verkehr. Viele Menschen hatten noch letzte Besorgungen vor dem Fest gemacht und eilten jetzt mit großen Tüten und schweren Taschen nach Hause. Kaum jemand nahm sich Zeit und blieb bei den Obdachlosen und Bettlern stehen, um etwas Kleingeld in die Becher zu werfen, die sie den Passanten entgegenhielten.

Marie schüttelte den Kopf und zog eine Schnute. »Das mit den Schnorrern wird auch jedes Jahr mehr, findest du nicht?«

»Du sagst es.«

»Da müssten die doch was gegen tun.«

»Wer?«

»Polizei, Ordnungsamt, egal. Man kann ja inzwischen nirgendwo mehr hingehen, ohne sofort von denen angebettelt zu werden.«

Julius bremste abrupt und schlug mit der flachen Hand auf die Lenkradhupe. »Wieso fährst du Blödmann nicht? Ist doch noch gelb!«

Marie hielt mit beiden Händen ihren Bauch. »Brems nicht so stark! Sonst platzt mir noch die Fruchtblase hier im Auto.«

»Soll ich etwa der Schnarchnase hinten drauf fahren? Da sitzt doch garantiert eine Frau am Steuer.« Er warf seiner Frau einen Seitenblick zu. »Du fährst natürlich nicht so lahm. Was ist los mit dir?«

»Hab gerade eine Wehe.«

»Bist du sicher?«

»Klar.«

»Woher weißt du das?«

»Frauen wissen das eben. Außerdem hatte ich schon ein paar Wehen.«

»Wann?« Unbeabsichtigt trat Julius auf die Bremse, obwohl sie sich mitten im langsam fließenden Verkehr befanden. Jetzt hupte der Hintermann energisch. »Heute Morgen?«

»In den letzten Wochen und letzte Nacht auch.«

»Wieso sagst du mir denn nichts?«

»Warum sollte ich? Die sind doch immer wieder weggegangen. Falscher Alarm sozusagen. Das sind nur Übungswehen, hat mein Frauenarzt erklärt. Erst wenn sie bleiben und alle fünf Minuten kommen, dann müssen wir ins Krankenhaus fahren.«

Vor ihnen löste sich der Stau auf und Julius gab energisch Gas. »Endlich. Sollen wir nicht lieber vorsichtshalber erst ins Krankenhaus fahren und nachschauen lassen?«

»Ach was. Die gehen bestimmt wieder weg. Du hast doch vorhin selbst gesagt, dass unser Sohn heute nicht kommen wird.«

»Das ist richtig.«

»Außerdem kommen wir niemals rechtzeitig zur Bescherung, wenn wir vorher noch zum Kreißsaal fahren. Da verlieren wir mindestens zwei Stunden.«

»Hm.«

»Und du weißt, wie sehr dein Vater es hasst, wenn wir nicht pünktlich sind.«

»Du hast recht. Dann ist die Weihnachtsstimmung von Anfang an im Eimer.«

Auf der A13 lichtete sich der Verkehr merklich, und so kamen sie zügig voran. Nach einer Stunde Fahrzeit verfinsterte sich der Himmel und auf Höhe der Luckenwalder Heide setzte pünktlich der angekündigte Schneefall ein. Mit jeder weiteren Minute verschlechterte sich die Sicht und die Fahrbahn wurde glatter. Trotzdem blieb Julius konsequent auf der linken Spur.

»Das ist aber mehr als nur leichter Schneefall. Kannst du den Scheibenwischer nicht schneller anstellen? Man sieht ja fast nichts mehr.«

»Ist schon auf der höchsten Stufe.«

»Geh lieber auf die rechte Spur.«

»Auf keinen Fall, da schleichen die Opas mit Tempo fünfzig.«

»Ist vielleicht vernünftig, bei dem Wetter langsam zu fahren. Wer weiß, was unter dem Schnee ist.«

»Wir haben doch Allrad. Da fährt man wie auf Schienen.«

»Julius, mir ist es lieber, wenn du rechts rübergehst. Links fährt fast kein Mensch mehr.«

Julius seufzte. »Ich überhol nur noch den einen Kriecher da vorn noch.«

Er rauschte an einem alten dunkelblauen Volvo vorbei und verpasste dem gemütlich dahinrollenden Schweden beim Einscheren eine Schneedusche.

»Nimm die zweite Hand ans Steuer. Bitte.«

»Ich fahre auch mit einer Hand sicher.«

»Du bist geschlingert.« Marie hielt sich den Bauch.

»Unsinn. Das kam dir nur so vor.«

»Ich krieg Angst, wenn du so fährst. Mein Bauch wird ganz hart.«

»Ach was, ich hab unseren SUV voll im Griff. Der ist gerade für solche Straßenverhältnisse gebaut.«

»Das ist doch nur Werbung.«

»Du hast keine Ahnung von Autos. Die haben den bei extremen Wetterbedingungen getestet.«

»Ich will nur, dass wir heil ankommen.«

»Das will ich auch, Schatz.«

»Sag mal, müssen wir nicht bald runter von der Autobahn?«

»Ist noch ein Stück.«

»Warum bewegt sich der Pfeil auf dem Navi nicht mehr? Wir müssten doch längst weiter sein.«

Julius klopfte auf das Display des Navigationsgerätes. »Hat kein Signal. Schon wieder. Vor zwei Wochen war ich erst deswegen in der Werkstatt.«

»Aber wir kennen den Weg doch auch ohne Navi.« Marie schloss die Augen, atmete tief ein und langsam wieder aus. »Dass aber auch gerade heute so ein Wetter sein muss.«

»Hast du dir nicht seit Jahren weiße Weihnachten gewünscht?«

»Ja, schon, aber nicht, wenn wir zu meinen Eltern fahren müssen.«

»Die wohnen aber auch in der Pampa. Ah, da ist ja die Ausfahrt.«

»Das sieht alles so anders aus bei diesen Verhältnissen. Bist du dir wirklich sicher? Man kann das Schild kaum noch erkennen, so dicht ist der Schnee.«

Das Auto rutschte aus der Kurve und schlitterte über den ehemaligen Grünstreifen, der jetzt komplett weiß war.

»Pass auf!« Mit beiden Händen stützte sich Marie am Armaturenbrett ab und der Sicherheitsgurt drückte sie ruckartig in den Sitz zurück. Julius lenkte zur anderen Seite und brachte den SUV nach mehreren Schlenkern wieder zurück auf die Straße.

»Da muss Eis unter dem Schnee gewesen sein. Das kann ich ja nicht ahnen.«

»Aber das weiß doch jedes Kind, dass Ausfahrten und Brücken mordsgefährlich sind. Da muss man eben langsamer fahren.«

Julius brummte etwas Unverständliches. Warum mussten Frauen als Beifahrer eigentlich immer alles besser wissen? Und jede Aktion ohne Pause gnadenlos kommentieren? Vielleicht lenkte die Musik Marie ein wenig ab. Er regelte die Lautstärke des Radios hoch. Bing Crosby sang »White Christmas«.

»Was hat denn da so gescheppert?«

»Wann?«

»Na gerade. Als du von der Straße abgekommen bist. So metallisch.«

»Ich bin nicht von der Straße abgekommen. Das war nur ein kleiner Schlenker.«

»Wir sind fast im Graben gelandet.«

»Unsinn. Mit dem Auto kann uns das nicht passieren.«

»Hoffentlich ist nichts kaputtgegangen.«

»Ich höre nichts.«

Marie blickte auf ihre Armbanduhr. »Wir haben ganz schön viel Zeit verloren.«

»Du wolltest ja, dass ich langsam fahre.«

»Besser langsam ankommen als schnell im Graben landen.«

»Schätze, wir sind um sechs bei deinen Eltern.«

»Guck mal, wie grau der Himmel ist. Da kommt bestimmt noch eine Menge Schnee runter.«

»Egal. Hier im Auto ist es warm und trocken.«

Auf der einsamen Landstraße lag die Schneedecke unberührt vor ihnen. In der Dunkelheit flogen die dicken Flocken aus allen Richtungen gegen die Windschutzscheibe, als ob sie gerade in die Tiefen des Weltalls vordrangen und unzählige Sterne an ihnen vorbeirauschten. Julius hatte das Radio wieder leiser gedreht. Außer dem knirschenden Schnee unter den Winterreifen drang kein Laut ins Wageninnere. Der Pfeil am Navi hüpfte sekündlich von einer Richtung in die andere und fand die Straße, die sie jetzt befuhren, nicht mehr in seiner Karte. Langsam, aber stetig verlor der SUV an Geschwindigkeit.

»Willst du etwa *hier* anhalten?«

»Ich bremse gar nicht. Der nimmt einfach kein Gas mehr an.« Energisch trat Julius mehrmals auf das Gaspedal, doch das Auto rollte langsam aus.

»Hast du vergessen zu tanken?«

»Unsinn. Der Tank ist halb voll.«

»Was ist es dann?«

»Keine Ahnung.« Angestrengt fixierte Julius die unzähligen rotleuchtenden Anzeigen auf dem digitalen Armaturenbrett. »Der zeigt nicht an, woran es liegen könnte.« Auf den letzten Metern lenkte er den Wagen in eine kleine Ausbuchtung an einem Acker, stellte den Motor ab, wartete ein paar Sekunden und drückte dann energisch auf den Startknopf. Nichts.

»Das gibt es doch nicht!« Julius drückte einmal, zweimal, dreimal auf den roten Knopf, doch das Auto tat keinen Mucks mehr.

»Das hat uns gerade noch gefehlt!«

»Bleib ruhig, Marie. Wenn du dich jetzt aufregst, kriegst du noch Wehen.«

»Du hast gut reden. Die habe ich doch schon die ganze Zeit.«

Julius warf ihr einen schnellen Seitenblick zu und zog das Smartphone aus der Hosentasche.

»Ich rufe den Pannendienst.«

»Bestimmt ist vorhin doch was kaputtgegangen.«

»Unsinn. Den kann man über Stock und Stein fahren, ohne dass was kaputtgeht. Dafür sind diese Autos gebaut.«

»Das glaubst aber auch nur du.« Marie zog die Augenbrauen hoch. »Was ist los?«

»Kein Netz.«

»Sag, dass das nicht wahr ist.«

»Was kann ich dafür, dass deine Eltern in so einer Einöde leben?«

»Und Internet?«

»Wo denkst du hin? Hier gibt es nichts. Wir sind völlig abgeschnitten von der Außenwelt.«

»Dann halte jemanden an, der vorbeifährt.«

»Auf dieser Straße befindet sich außer uns kein Mensch, falls du das noch nicht bemerkt hast.«

»Dann warten wir hier eben im Auto. Irgendwann wird bestimmt jemand vorbeifahren.«

»Hast du in der letzten halben Stunde irgendjemanden gesehen? Ich nicht. Entgegengekommen ist uns auch keiner. Und bei so viel Schnee, wie hier liegt, hat es bestimmt schon seit Stunden geschneit.«

»Was sollen wir denn nur tun?«

»Lass mich mal in Ruhe überlegen.« Julius nahm den Wollmantel vom Rücksitz und wand sich hinter dem Lenkrad in die Ärmel.

»Was hast du vor? Willst du etwa in das Schneetreiben rausgehen?«

»Ich brauch erst mal frische Luft, um vernünftig überlegen zu können. Und ich will mich draußen mal kurz umschauen. Vielleicht entdecke ich was. Du bleibst hier sitzen und wartest auf mich.«

»Da kannst du drauf wetten. Aber entferne dich nicht zu weit vom Auto.«

Julius stieg aus und schloss die Fahrertür so schnell wie möglich hinter sich. Endlich Ruhe. Dass Frauen alles endlos kommentieren mussten. Er schlug den Mantelkragen hoch und zog den Schal bis ans Kinn. Die Schneeflocken umwirbelten ihn von allen Seiten und sein Cashmere-Mantel war in nullkommanichts weiß getüncht. Wenigstens hatte er zu Hause Stiefel angezogen, wenn auch nur die mit den dünnen Ledersohlen. Der Schnee lag schon fast zehn Zentimeter hoch. Wie ein Elch stakste er mitten auf der Straße in die Richtung, in die sie fahren wollten. Es war stockfinster, außer den Scheinwerfern ihres Autos, die er vorsichtigerweise angelassen hatte, gab es keine weitere Straßenbeleuchtung. Plötzlich huschte ein paar Meter vor ihm ein kleines Tier in den Lichtkegel, und für einen Moment konnte er einen langen buschigen Schwanz sehen. Der Rücken war schneebedeckt, aber darunter schimmerte ein rötlichbraunes Fell. Ein kleiner Hund? Nein, es musste ein Fuchs sein. Einen Augenblick blieb das Tier stehen, sah ihn an und verschwand dann abseits der Straße in der Dunkelheit. Das passte. Hier sagten sich Fuchs und Hase tatsächlich »Gute Nacht«. Rechter Hand, weit hinten in den Feldern, flackerte ein Licht und neben dem Lichtschein erhob sich ein schwarzer Schatten. Das konnte eine Baumgruppe sein. Ob da wohl ein Bauernhof lag? Julius drehte sich um und stapfte eilig zum Auto zurück.

»Du warst eine halbe Ewigkeit weg«, sagte Marie vorwurfsvoll. »Was, wenn jemand gekommen wäre und mich überfallen hätte? Irgend so ein Landstreicher oder Penner.«

»Hier gibt es keinen Menschen außer uns.«

»Und die Wehen kommen immer häufiger.«

»Sagtest du nicht, das seien nur Übungswehen?«

»Ich glaube, das sind jetzt richtige Wehen.«

»Dann müssen wir los.«

»Wohin?«

Julius deutete in die Richtung jenseits des Scheinwerferlichtkegels. »Ich habe da Licht gesehen.«

»Was? Wir sollen raus in diesen Schneesturm?«

»Das ist kein Schneesturm. Aber was ist, wenn unser Kind jetzt kommt?«

»Besser im Auto als auf der Straße.«

Das fehlte gerade noch. Im Geiste sah Julius schon Blut und Fruchtwasser auf den schicken Ledersitzen. Die wären für alle Zeiten ruiniert.

»Wie soll das gehen, hier im Auto? Nein, besser ist, wir gehen zu dem Haus da hinten. Komm jetzt, zieh deinen Mantel an.«

»Bist du sicher, dass da ein Haus ist?«

Julius nickte. »Was soll es denn sonst sein? Dort wird man uns bestimmt helfen.«

»Versuch doch noch mal zu telefonieren.« Marie verzog das Gesicht und hielt die Luft an.

»Zwecklos. Kein Netz. Hast du wieder eine Wehe? Atmen.« Julius holte tief Luft und hauchte sie langsam aus. »Komm, denk an den Kurs. So musst du es machen. Tiiiief ein – und – auuuuuus.«

Marie machte drei Atemzüge unter seinem Kommando und entspannte sich merklich.

»Puh, sie ist vorbei.«

»Dann nichts wie los.«

»Sollen wir was mitnehmen?«

»Nein, es ist besser, nichts zu schleppen. Nimm nur den Mantel und den Schal und los.«

Sie stapften durch den mittlerweile deutlich mehr als knöchelhohen Schnee. Julius beleuchtete den Weg mit der Taschenlampe vom Smartphone.

»Stopp!« Marie hielt ihn am Arm zurück. »Was sind denn das für Abdrücke?«

»Da ist vorhin ein Fuchs über die Straße gelaufen. Ich habe ihn gesehen.«

Sie blickte sich um. »Und wo ist er *jetzt*?«

»Bestimmt schon meilenweit über alle Berge.«

»Wie weit müssen wir denn laufen?«

»Siehst du das Licht dort hinten?«

»Ja, da flackert etwas.«

»Genau. Wahrscheinlich ein Bauernhof oder so. Da muss jemand wohnen.«

»Das kann weiter weg sein, als du denkst.«

»Hast du einen besseren Vorschlag?«

Marie schüttelte den Kopf, hielt sich den Bauch und krümmte sich nach vorn. »Oh nein, jetzt kommt schon wieder eine.«

»Ein- und ausatmen.«

»Ich weiß.«

»Dann mach es auch.«

Nach zwei Minuten richtete sie sich langsam wieder auf. »Vorbei.«

»Dann weiter.«

Marie hakte sich bei ihm unter und sie liefen die Straße bis zu einem Feldweg entlang, der nach rechts abzweigte.

»Der führt bestimmt zu dem Haus. Wir sind auf dem richtigen Weg. Komm weiter, Schatz.«

»Man erkennt gar nicht mehr, wo der Weg verläuft. Hoffentlich landen wir nicht in einem Graben.«

»Sei doch nicht immer so pessimistisch.«

»Ich bin nur realistisch. Du bist zu optimistisch.«

»Deswegen ergänzen wir uns ja so perfekt, Liebling.« Julius drückte ihr einen Kuss auf den Mund.

»Du hast gut reden. Au, verdammt, da kommt schon wieder eine Wehe.«

»Ein- und ausatmen.«

Marie blieb stehen. »Moment. Die muss erst vorbei sein, bevor ich weitergehen kann.«

»Wir sollten uns beeilen. Es ist mittlerweile stockfinster. Der Mond scheint auch nicht.«

»Bei dem Schneefall auch kein Wunder. Gut, dass wir uns an dem Licht orientieren können.«

Der Weg dauerte länger, als sie gedacht hatten. Im Schnee kamen sie nur langsam vorwärts, und Marie musste immer wieder stehenbleiben, wenn eine Wehe kam. Nach einer halben Stunde versuchte Julius nochmals zu telefonieren, als Marie abermals eine Wehe veratmete, schüttelte aber den Kopf.

»Wir sind hier dritte Welt, digital gesehen.«

»Ist mir jetzt auch egal«, stöhnte Marie. »Hauptsache wir kommen endlich zu diesem Haus. Ich kann bald nicht mehr.« Sie hakte sich wieder bei ihm ein.

»Du schaffst das. Ich bin bei dir.«

Es war eine fast beängstigende Stille um sie herum. Nur das Knirschen ihrer Schritte war zu hören, wären da nicht die Wehen gewesen, Marie hätte sich über einen solchen Spaziergang im Schnee wie ein kleines Mädchen gefreut. Als das Haus nur noch fünfzig Meter vor ihnen lag, blieb sie stehen.

»Was ist? Du hast doch jetzt gar keine Wehe.«

»Siehst du nicht, dass das gar kein Haus ist?«

»Vielleicht ist es ein bisschen runtergekommen.«

»Julius, das ist kein Bauernhof, das ist eine halb verfallene Scheune.«

»Egal. Hauptsache, ein Dach über dem Kopf.«

Marie zupfte ihn am Ärmel. »Und das Licht, das wir gesehen haben, ist keine Lampe, sondern ein

Feuer in einer Tonne und daneben stehen ganz merkwürdige Gestalten«, flüsterte sie.

»Hm, stimmt. Könnten Obdachlose sein.«

»Genauso sehen die aus. Da will ich nicht hin.«

»Du willst doch wohl nicht den ganzen Weg wieder zurückgehen? Dann kommt unser Sohn nachher noch unter freiem Himmel zur Welt.«

»Aber ich kann doch nicht – oh, da kommt einer auf uns zu.« Marie klammerte sich fest an seinen Arm und krümmte sich. Die nächste Wehe war bereits im Anmarsch.

Eine Gestalt, deren Gesicht vor dem Lichtschein nicht zu erkennen war, tappte langsam auf sie zu und blieb drei Meter vor ihnen stehen. Der schmächtige Mann trug eine Kappe, einen viel zu großen Wintermantel, löchrige Jeans und Stoffturnschuhe, die vom Schnee durchnässt waren. Er legte den Kopf leicht schief und breitete die Arme aus, um ihnen zu signalisieren, dass sie keine Angst haben mussten.

»Braucht ihr Hilfe?«

Marie hing schwer an Julius' rechtem Arm und stöhnte leise vor sich hin.

»Meine Frau erwartet ihr erstes Kind. Unser Auto ist da hinten auf der Landstraße liegengeblieben und wir konnten telefonisch keine Hilfe holen, weil es hier kein Netz gibt. Da haben wir das Feuer gesehen und sind hierhergelaufen.«

Der Mann, er mochte zwischen vierzig und fünfzig Jahre alt sein, trat näher. »Hier gibt es weit und breit kein anderes Haus. Die Scheune ist alt, aber drinnen ist man geschützt. Das sieht aber so aus, als ob es mit der Geburt nicht mehr lange dauert.«

Die Wehe ebbte ab, und Marie sah in sein Gesicht. Es war schmutzig, machte aber keinen unfreundlichen Eindruck. Er hatte recht, denn sie spürte schon seit einigen Minuten ein Druckgefühl nach unten. Außerdem gab es keine Alternative zu der Scheune.

»Ich bin Bernd. Das da vorn sind Chris und Trude. Wir helfen euch. Kommt mit.«

Bernd nahm ihren rechten Arm und Marie ließ es geschehen. Gemeinsam legten sie so die letzten Meter zurück. Eine alte Frau, die ihre Hände über dem Feuer gewärmt hatte, kam auf sie zu.

»Kindchen, das ist aber höchste Zeit, dass du ins Trockene kommst. Lass mich mal, Bernd, ich mach das schon.«

Marie schaute in das runzelige Gesicht der Frau, die so freundlich, aber auch resolut sprach und bestimmt schon über siebzig war. Fast erleichtert folgte sie der Alten in die Scheune. Drinnen hatten die drei ihre Schlafstätten eingerichtet und ein weiteres kleines Feuer brannte in einem flachen Kessel.

»Komm hierher.« Sie zog eine Plane unter einem Schlafsack weg und breitete sie in einer Ecke aus. »Setz dich hier drauf, Kindchen. Wie heißt du?«

»Marie.«

Ein Lächeln huschte über ihr faltiges Gesicht und ihre Augen strahlten. »Wie passend. Ich bin Trude. Und in meinem früheren Leben, als noch alles rund lief, war ich Hebamme. Ich weiß also, wie man Kinder auf die Welt holt, und das verlernt man nicht. Mach dir also keine Sorgen.«

»Was für ein Glück«, seufzte Marie. »Ich glaube, es dauert nicht mehr lange.«

»Zieh Schuhe und Hose aus. Hier ganz nah am Feuer ist es warm.«

Marie tat, wir ihr geheißen, und hockte sich an die Feuerstelle. Obwohl Trude schon alt war, kniete sie sich behände neben ihr auf den Boden und versuchte, unter Maries nacktem Po etwas zu erkennen.

»Die Fruchtblase wölbt sich schon hervor«, lächelte sie und blickte zu Julius auf, der hinter Marie stand. »Junger Mann, hol mir mal von da vorn das kleine Etui von meinem Bündel.«

Julius kramte in ihren Habseligkeiten und brachte ihr ein abgewetztes braunes Lederetui. »Bitte.«

»Mach dich bereit, gleich kommt dein Kind«, sagte sie, entnahm dem Mäppchen einen spitzen Gegenstand und pikste in die pralle Fruchtblase, die sich aus Maries Scheide vorwölbte. Prompt floss ein Schwall Fruchtwasser auf den Boden.

Marie stöhnte. »Ahhhh! Es drückt so!«

»Pressen, Mädchen, pressen, pressen, pressen«, kommandierte Trude.

»Auuuu!«

»Luft holen und drück, drück, drück!«

»Mach ich doch!«

»Nicht reden, Luft holen, anhalten und drücken! Los, drück, drück, drück!«

Marie presste bis Trude »Stopp!« rief.

»Nicht mehr drücken!« Trude fasste mit den Händen an Maries Po. »Der Kopf ist da. Moment.« Mit zwei Handbewegungen half sie dem neuen Erdenbürger auf die Welt und legte ihn vor Maries Füße. »So, hier ist der kleine Mann. Schau ihn dir an. Dein Sohn.« Sie blickte hoch zu Julius, der unbeholfen neben Marie stand. »*Euer* Sohn.«

Erschöpft lächelte Marie und streichelte den Kleinen. »Gott sei Dank. Ich dachte, ich schaffe es nicht. Danke, Trude.«

Die Alte lächelte. »Es ist noch nicht ganz geschafft. Die Plazenta muss noch raus.« Sie zupfte eine Rolle Zwirn und eine Schere aus ihrem Etui. Flugs schnitt sie zwei Stücke Zwirnsfaden ab und unterband mit ihnen die Nabelschnur an zwei Stellen, die etwa fünf Zentimeter auseinanderlagen. Dann reichte sie Julius die Schere. »Hier, Papa. Willst du nicht die Nabelschnur durchschneiden?«

»Aber gern.« Julius' Hand zitterte heftig, als er die Nabelschnur durchtrennte.

Trude stand auf, nahm ihr großes wollenes Tuch, das sie um ihre Schultern trug, wickelte das Baby darin ein und reichte Julius das Bündel. »Halt deinen Sohn gut fest. Ich schaue mal, ob die Nachgeburt schon kommt.«

Sie hockte sich wieder auf den Boden und zupfte leichte an der Nabelschnur. »Jetzt, drück noch mal«, wies sie Marie an.

Marie presste und mit einem Platsch klatschte der Mutterkuchen auf die Plane.

»Das klappt ja alles perfekt.« Sie nahm ein baumwollenes Halstuch aus ihrem abgeschabten Rucksack, faltete es längs und legte es Marie zwischen die Beine. »Hier, das muss als Windel erst mal reichen. Zieh deine Hose wieder an und dann musst du dich erst mal ausruhen, Kindchen. Du kannst dich da vorn auf mein Lager legen und gleich mal versuchen, den Kleinen anzulegen. Habt ihr denn schon einen Namen für ihn?«

Julius küsste das warme Gesicht seines Sohnes. »Wir haben lange nachgedacht und diskutiert.«

»Und was ist dabei rausgekommen?«

»Wir hatten an Leon oder Luis gedacht.«

»Sind wohl die modernen Namen heute, was?«

»Die gefielen uns. Aber jetzt weiß ich nicht recht.«

Marie nahm den Kleinen in den Arm und wiegte ihn hin und her. »Ich glaube, wir sollten ihn Josua nennen.«

Trude lächelte. »Das passt wesentlich besser.«

Unbemerkt von allen dreien waren der kleine Bernd und Chris, ein großer, kräftiger und sehniger Mann hinter die drei getreten. Chris nahm aus einer Plastiktüte für jeden einen Apfel heraus.

»Hier«, sagte Chris. »Die hatte ich eigentlich für heute Abend aufbewahrt. Herzlichen Glückwunsch und frohe Weihnachten!«

Bernd öffnete den Schraubverschluss einer Flasche Rotwein.

»Jetzt gibt es noch einen Schluck Wein dazu.« Er lächelte. »Wie in der Kirche. Frohe Weihnachten!«

Julius sah die beiden perplex an. »Wir haben gar nichts für euch.«

Und Marie fügte hinzu: »Und ihr habt uns so geholfen, vor allem du, Trude.«

Trude lächelte. »Die Geburt des kleinen Josua hier bei uns in der Scheune ist unser schönstes Geschenk. Ich hätte nie gedacht, dass ich noch mal ein Kind auf die Welt holen würde. Frohe Weihnachten!«

Autorin

Birgit Schmidt ist ein Kind des Ruhrgebietes. Sie wurde 1964 in Dortmund geboren und wuchs in Dortmund und Gelsenkirchen auf. In Essen studierte und promovierte sie in der Humanmedizin. Bis 2016 arbeitete sie als Gynäkologin im Krankenhaus und in eigener Praxis, seitdem ist sie ausschließlich künstlerisch tätig (Malerei, Literatur, Fotografie). Ihre Ölbilder und Fotografien waren seit 2000 in zahlreichen Ausstellungen in Deutschland zu sehen.

Bisher wurden verschiedene Kurzgeschichten von ihr publiziert. 2019 veröffentlichte sie die Anthologie »Es geschah hier und anderswo« mit Kurzgeschichten verschiedener Autoren (J. Canales, B. Schmidt, S. Schwietering), und 2020 erschien ihr Romandebut »Flucht zum Crater Lake«.

Weitere Informationen im Internet unter
www.birgitschmidt.ruhr
Kontakt unter: info@birgitschmidt.ruhr

Ein Thriller um Macht und Besitz,
Flucht und Verfolgung,
Liebe und Tod.

Hardcover 320 Seiten
ISBN 978-3-7519-2076-6

auch als E-Book

www.fluchtzumcraterlake.de

Anna Behringer ist eine erfolgreiche Ärztin, doch über ihrem Leben liegt ein Schatten. Eines Tages kann sie die brutalen Demütigungen ihres sadistischen Ehemannes Paul nicht mehr ertragen. Plan- und ziellos flieht sie in die USA. In der Abgeschiedenheit Oregons hofft sie, ihr Leben neu ordnen zu können, aber selbst hier kommt sie nur kurz zur Ruhe. Ahnungslos nimmt sie einen gesuchten Mörder in ihrem Auto mit und gerät so ebenfalls unter Mordverdacht. Nun ist ihr nicht nur die Polizei auf den Fersen, sondern auch Paul, der sie rachsüchtig und gnadenlos verfolgt. Einzig Bill, ein Native American Ranger, erweist sich unerwartet als Hoffnungsschimmer in diesem Albtraum. Doch dann beginnt ein Höllentrip …

»Dieses Buch kann man nicht mehr aus der Hand legen! Eine packende Geschichte mit viel Liebe zum Detail, zur Natur und den Tieren. Ich freue mich schon auf das nächste Buch!« (Leser/in, 02.12.2020)

»Das ist wirklich lesenswert! Ich habe dieses wundervolle Buch verschlungen. Es beinhaltet alles, was man sich nur wünschen kann, von Spannung, bis hin zu Romantik, ein wenig Mystik, und Natur und Tier. Mir standen die Tränen in den Augen, als ich am Ende angelangt war. Ich hoffe sehr, dass es eine Fortsetzung gibt!« (Leser/in 12.08.2020)